내 인생에 미안하지 않도록

내 인생에
미안하지 않도록

이제는 엄마나 딸이 아닌 오롯한 나로

최문희 에세이

차례

2장 지금이 좋아

3장 나를 키운 영혼의 거름

4장 기대를 접으면 홀가분해

5장 내 이름으로 불리는 삶

프롤로그

잡문이라 쓰면서 잡초雜草를 떠올린다. 섞일 잡, 풀 초, 그것이 지닌 강인한 생명력이라는 이미지에 마음이 잡힌 까닭이다. 거친 들판에서 밟히고 파이면서도 제자리에서 자신의 영역을 지키는 그 뿌리 깊은 인내의 근성을 떠올리는 건 당연한 연상 작용이다. 이 글들의 결이 풀꽃 냄새로 간직되었으면 하는 바람이다.

속살을 담아내는 서투름. 많이 망설였다. "소설보다 산문을 쓸 연륜인데……." 마음이 흔들렸다. 사노 요코의 『사는 게 뭐라고』, 『죽는 게 뭐라고』 같은 투의 툭툭 내뱉는 듯한 가볍고 짤막한 에세이가 대세라 한다.

나는 호흡이 좀 긴 편이다. 짧은 글을 쓰면 그 안에 응축해야 하는 내용들이 뒤섞이면서 머리가 혼란스러워진다.

2019년 여름, 혹독하게 앓았다. 완쾌를 가누지 못한 채 책상 앞에 앉았다. 그런데도 자판을 두드리기 시작하자 실로 놀라운 일이 벌어졌다. 예상치 못한 기습이었다.

밝고 즐거운 기억은 뇌의 잠금 장치를 풀어 헤치고 자유분방한 탯거리로 공중분해가 된다. 대신 뼛속에 저장된 아픈 기억들은 돌에 새긴 비문처럼 또렷이 남아 시도 때도 없이 쏟아져 나온다.

꼭꼭 여며두었던 봉인이 벗겨지면서 내장된 기억들이 좀비처럼 출몰했다. 시공을 가로지르는 아픔들이 왜가리 우는 소리를 질러댔다. 소름발이 일었다. 며칠 동안 거리를 쏘다녔다. 들끓는 것들이 수그러들기만을 기다렸다.

발가벗어? 이 나이에 무슨 망신? 가족들, 이웃들, 친구들, 나와 연결된 모든 이들이 살아 있는데, 쳐다보고 있는데. 나를 꾸미고 치장하고 보태고 빼는 글은 쓸 수 없다. 너 거짓말이야, 소설도 아닌데 온갖 색조 화장으로 포장하지 않았느냐고 타도할지도 모른다.

살의 온도로 느끼고, 두 귀로 듣고, 두 눈으로 본 그대로, 곧이곧대로 썼다. 단 하나의 단어, 단 한 줄의 문장으로도 나를 미화시키지 않았다. 부사나 형용사도 가급적 사용하지 않았다. 이 글들은 건조하고 담담하다. 작가 본연의 색깔을 지웠다. 그랬음에도 알몸으로 무대에 오른 것 같은 부끄러움이 없다고는 못한다. 모든 글이 교화적이고 모범적이고 긍정적이어야 한다면, 세상의 모든 글은 거짓으로 포장된 가짜 서사가 되기 십상이다.

서툴렀지만, 반듯한 생각, 곧은 의식으로 살았다. 그것을 모두에게 펴 나를 수 있는 쉽고 간결한 문체로 썼다. 이득보다 손해가 많았다고 하면 웃을까? 무릇 모든 관계란 손익이라는 무대 위에서 이루어지는 단막극이다.

수필은 소설과는 다르다. 소설은 허구로 설정한 캐릭터가 사랑하고 미워하고 화해하고 복수하는 그 모든 관계의 미로를 관조하고 그것을 문자라는 매체로 형상화하는 장르다. 수필은 있는 그대로, 진심을 담는, 자신과 타인을 객관화시켜 반듯한 사고와 철학적인 메시지를 담아내는 장르 아니겠는가. 그 글의 축은 당연히 자기 자신일 수밖에 없다. 그러기에 수필은 탐구와 논리의 영역에 있다.

이 서사의 주제는 관계다.

소설이나 수필 여타 모든 창조 행위의 근간을 이루는 주제는 관계일 터. 아름답고 순결한 이야기는 사람이 만들어낸 허구일 뿐 실제로 인간사 깊은 속내에 도사린 내용은 순수 무결하지 않다. 보태지고 포개진 그 갈등의 뿌리에 닿아 익사하지 말자고 되뇌면서도 그 적절한 사이에 금 긋기가 왠지 야박한 것 같다. 한 가지 명심해야 할 일이 있다면 자기 안에 사랑이라는 꽃길을 만드는 것이다. 세상의 모든 갈등이나 허기증을 메울 수 있는 양식은 한 접시의 스테이크가 아니라 한 줌의 사랑이다. 냉동실에서 가뒀던 불만, 불평, 원망까지 사랑이라는 온기로 녹이면 삶의 텃밭이 풍성해질 것 같다.

1장

여자로 엄마로 살아온 시간

엄마와 딸, 그 영원한 숙명

"딸아, 이거 좀 봐줄래?"

"저 지금 출근하잖아요."

세상의 모든 엄마와 딸은 저마다 옹이를 안고 산다. 소화되지 않은 멍울이다. 명치에 엉겨 붙은 그것은 감정이라는 얄궂은 기복을 타고 변죽을 울린다. 늘 그 자리에 요지부동 서 있는 어미의 자리는 시공을 초월한다. 몇백 년 전에도 몇백 년 뒤에도 그리고 지금도, 모녀 사이를 가로지르는 감정의 누선은 마르지 않는다. 어미의 경우를 두고 하는 말이다. 내가 어미의 위치이기 때문에 한 삽 거들어 하는 말은 아니다. 나 역시 누구네 집 딸이었고, 어머니가 아흔 중반 고비에 타계할 때까지 불효라는 딱지를 달고 뻔뻔스럽게 살았다.

나의 어머니는 늘 같은 말을 되뇌었다. "꼭 너 닮은 딸년을 하나 낳아." 덕담인지 저주인지 귀에 못딱지가 앉았다. 딸아이를 보면서 어머니의 선견지명에 감탄한다. 하지만 시대적 차이 탓에 그 양상이 같을 수는 없을 것이다.

저마다 다른 방식으로 산다. 절대로 손댈 수도 말을 보탤 수도 없다. 너무 팽팽해서 내가 드밀 틈새가 없다. 그게 요즘 딸들이 안고 사는 일상의 방식인지도 모르겠다. 서로를 살포시 밀어내는 모녀의 틈새에는 미움 반 연민이 반이어서 그것을 잇는 칡뿌리 같은 집착이 비극인지 희극인지 헤아릴 수가 없다.

며칠 전 천연섬유로 된 이불 홑청을 별러서 구입했다. 수입산 면제품이어서 단가가 높았다. 연말이라 그런지 행사장이 붐볐다. 사 들고 왔지만 며칠을 기다렸다. 기분 화사한 날이나 딸아이가 집을 비웠을 때 감쪽같이 개비해버리면 무사통과될 줄 알았는데 웬걸, 이튿날 아침, 곱게 벗겨낸 이불 홑청이 탁자 위에 놓여 있었다.

포장한 비닐 위에 붙은 노란 포스트잇. '제 일은 제가 알아서 해요.'

내 입술이 절로 실룩였을 것이다. 그 미세한 근육의 뒤틀림이 섭섭함인지 미움인지 안타까움인지 접어둔 채 온종일 멍 때리고 있었다.

'왜 하필 이 못난 어미를 닮아서.' 어미의 혼잣말은 늘 여기서 시작된다. 머리 꼭대기서부터 발끝까지 어미를 빼다 박았다. 평생의 결핍으로 속을 끓였던 부분들이 DNA라는 가공할 흐름을 타고 딸의 형태를 만들었다.

딸아이가 독신을 고수하는 뒷전에는 어미의 구시렁거림이 한몫했을지도 모르겠다. '나한테 경제력이 있었다면 결혼 같은 거 안 하고 살았을 거야.' 직접 대놓고 한 말은 아니다. 딸한테 혼자 살라고 강요하거나 독신 예찬론을 주입한 기억도 없다.

어쩌다가 혼기를 놓쳤다. 딸아이가 반박한다. "혼기를 놓친 게 아니에요. 혼기를 딛고 혼자 우뚝 선 거예요."

"그래, 취소할게." 나는 무조건 백기를 든다. 이젠 다툴 기력도 없고 그냥 스륵 무너져버린다. "그래, 알았어. 누가 널 말리겠니?" 자조가 아니다. 딸한테 힘을 실어주려는 어미의 참 마음일 터.

노크 소리가 시름을 깨운다. 외출복을 입고 방문 기둥에 기대선 딸이 손을 내민다. "주문하실 책 적어주세요." 인터넷 주문은 늘 딸애 카드로 했기에 하는 말이다.

"내 컴퓨터가 또 말썽이야." "비켜봐요." 의자에서 일어난 나는 거실로 나가 서성인다. 식탁 쟁반 위에 김을 피워내는 노란 옥수수, 손을 씻고 들고 와 텔레비전 앞에 앉는다. 한입 깨문 강냉이 낱알들이 뭉개지면서 알알하게 터진다. 달달하고 아린 맛. 딸의 맛이다.

미안해, 정말 미안해

금요 장터에서 머위 두 단을 구입했다. 마트보다 저렴한 건 아니지만 그 싱싱함이 늘 구매욕을 부추긴다. 지난주에 산 두릅하고 돌미나리도 신문지에 돌돌 말린 채 통 속에 보관되어 있다. 주방 앞에 섰다가도 '겨우 점심 한 끼니를 먹자고?' 그냥 적당히 해결해버린다.

난 좀 게으른 편이다. 그러나 채식 위주 식단이라 장만에 정성을 들여야 한다. 무슨 음식인들 안 그럴까?

한 가지 나름의 규칙은 있다. 건강식이라는 음식을 굳이 챙겨 먹지는 않는다. 어쩌다가 마트에서 눈에 띄면 계절 야채를 사 오긴 해도 아등바등 찾아다니는 악바리 정성은 없다. 비위에 맞지 않지만 가족 식사를 준비하면서부터 고기를 먹긴 했다. 모유로 키운 아이들을 위한 최소한의 배려였다. 그런 깨달음은 너무 늦게 찾아왔다. 큰아이를 임신했을 때 우리 살림이 너무 약소해서 단백질 섭취를 못 했다. 1960년대 초 정부의 화폐개혁으로 시장경제가 얼어붙었다. 부실한 영양으로 딸아이의 건강이 지금도 별로 좋지 않다는 사실이 내 가슴을 가장 아프게 한다.

식성도 유전이 되는지 딸아이도 풀만 챙겨 먹는다. 고기는 입에도 안 댄다. 그래서 우리 집 냉장고가 실속 없이 너저분한 건지도 모르겠다.

내 아픈 기억 속에 영원히 용서받지 못할 비밀이 아직도 건재하다.

1984년 학력고사가 있던 날, 아들아이가 부탁했다. "엄마, 시금치 된장국을 꼭 넣어줘요. 입이 말라서 다른 반찬은 못 먹어요." 일제 보온 도시락 통을 준비한 것까지는 양호했다. 당일 아침, 시금칫국을 끓이고 달걀부침 같은 반찬을 채운 도시락을 아들 손에 들려 보냈다.

식구들이 모두 출타한 후 청소를 하다가 시금칫국을 담은 통이 식탁에 그대로 있는 것을 발견했다. 3단짜리 보온도시락 맨 위 칸에 넣어야 하는 것을 깜빡했을 것이다. 눈앞이 부옇게 흐려지면서 심장이 졸아들었다. 지병인 협심증이 도래한 듯했다. 식탁 모서리를 부여잡고 주저앉았다. 바보 멍청이, 울컥 터져 나온 울음기를 그대로 토해냈다. 시험을 끝내고 귀가한 아들의 표정이 시무룩했다.

"미안해." 못난 어미는 입속에서 우물거리다가 방으로 들어가 문을 닫았다.

1975년 막내가 덕수 초등학교에 입학했다. 연희동 집에서 광화문에 있는 학교까지 매일 아이 아빠가 데려다주었다. 위의 두 아이는 사립학교에 다니는 행운을 누렸지만 막내에게 그런 행운은 비껴갔다. 입학했던 해 5월 첫 소풍이었다. 학부모 동반 소풍이었지만 어미는 직장에 다니고 있었다. 김밥을 준비했다. "얘야, 어떡하니? 장독대 위에서 김밥 먹어. 엄마가 결근할 수가 없구나."

착한 막내는 눈물이 핑 도는 눈을 내리깔았다. "알았어요, 엄마." 수굿한 조아림에 아픔이 절절했다. 소풍에 함께하지 못하는 어미와 첫 소풍에 못 가는 막내의 서러움이 범

람하는 강물처럼 모자를 가로질렀다.

'미안해, 정말 미안해.' 지금도, 아니 이 순간까지 세 아이에게 최선을 다하지 못한 어미의 이유 있는 넋두리는 썩지 않았다.

오늘 책장 정리를 하는데 오래전 일기장이 눈에 띄었다. 무심코 펼친 날짜. 거기에 쓰인 글귀들이 하루의 길목을 막아선다.

> 엄마와 딸, 그 영원한 숙명. 염려의 한 고비는 애착이고, 간섭의 두 고비는 집착이다. 문턱을 넘을 때마다 낙동강 하류에 겹쌓인 퇴적물처럼 미움과 사랑이 버무려진 허접한 삼각주가 무한 갯벌을 오염시킨다.

'미움과 사랑이 버무려진 허접한 삼각주'라는 말이 귀와 눈에 밟혀 온종일 뭔가에 잡혀 허룽거린다.

문을 열고 불쑥 드민 목소리. "엄마, 왜요?"

어리광인지 원망인지 비난인지 애매모호한 발성이다.

나를 보듬지 않았던 세월

요리 자체는 즐겁다. 맛있다는 칭찬이라도 들으면 가스불 앞에서 지지고 볶았던 수고의 갑절 보상이 나를 가득하게 만든다.

식탁 차리기는 요리만으로 끝나지 않는다. 만들어 담고 차리고 먹은 후 그릇들을 씻는 과정을 하루 두세 번 반복해야 한다. 냉장고에 차곡차곡 쌓인 밀폐 용기를 꺼내 뚜껑을 열고 접시에 담고 다시 뚜껑을 닫아 냉장고에 넣어두는 과정. 일 같지도 않은 일들이 전업주부의 하루를 몰수한다. 내 세대만 해도 끝없는 가사 노동에 전업주부들의 손에서 물이 마르지 않았다. 어른을 모시고 살거나 어린아이를 키우는 주부는 하루 한 시간도 손을 놓을 수 없었을 것이다. 그게 무슨 노동이냐고 타박하는 시댁 어른들 앞에서 입 한 번 잘못 놀리면 못된 며느리로 찍히고 만다.

요즘은 많이 달라졌다. 언젠가부터 고무장갑이라는 손 관리 필수품이 등장했다. 고무장갑은 날로 진화를 거듭, 요즘엔 라텍스로 만든 하얀 고무장갑이 입심을 타고 주방을 점령했다. 이른바 환경호르몬 없는 수술용 장갑이다.

면장갑을 끼고 그 위에 고무장갑을 덧어 끼고 설거지를 한다. 식기세척기에 드럼 세탁기, 물걸레 청소기에 로봇 청소기까지 기기들은 날로 발전한다. 외식 문화가 번창하면서 주말이면 가족과 외식이라는 시류에 편승해 잠시 밥하는 수고에서 벗어날 수 있다. 누군가가 버럭 지른다. 가족 식사 바라지가 수고인가? 입발림하고 싶지는 않다. 즐거움 반, 수고 반이라고 하면 날 못된 어미로 밀어낼 수 있을까?

누군가 또 한마디를 덧댄다. 세상의 모든 일에는 반반의 모순이 탑재되어 있다고. 즐거움과 수고라는 두 개의 개념을 버무리면 모순이라는 투명 풍선에 가둬지는 거라고. 그러니 비난할 수 없지만 칭찬할 수도 없다고. 나는 고개를 끄덕인다.

1960년대 전업주부였던 나는 맨손으로 그릇을 씻고 걸레를 빨았다. 10대 중반쯤 생리가 시작되었을 때 어머니의 한마디가 손을 물에 담그게 했다.

"네 몸의 것, 그 속옷은 네 손으로 해라. 팬티하고 기저귀는 남의 손에 맡기는 거 아니다." 당연한 지시였기에 곱게 따랐다.

지금처럼 질이 좋은 생리대가 부재했던 시대였다. 매달 그 엄청난 배설을 씻고 삶고 말려야 했다. 비가 지짐대는 장마철이면 다림질로 말렸다. 손빨래는 그것으로 끝나지 않았다. 겨울철, 내의나 이불깃에 덧대었던 긴 면 수건을 한 달에 한 번 거대한 빨래 통에 넣고 주물렀던 맨손, 그 손이 온전하게 부드러울 수 있었을까?

어느 날 컴퓨터 자판을 두드리는 내 손을 보고 그가 지나가는 말로 "손 관리 좀 하지"라고 한다. 나는 카카오톡, 문자 메시지 같은 손으로 하는 작업은 안 한다. 컴퓨터 작업을 할 때는 방문을 잠근다. 노크도 없이 들어와 뒤에 선 사람에게 내 손을 보이고 싶지 않다. 내가 내 손을 용서할 수가 없다. 너무 험하게 부려 먹었다. 늦었지만 엄마손 고무장갑이라도 애용할까. 그냥 내 멋대로 살련다. 살갗에 닿는 찰지고 끈적이고 눅진거리는 감촉이 싫다.

느지막이 다짐했다. 내 밥상에 오를 반찬을 차릴 땐 내 맨손으로 정성껏 버무릴 것이다. 나무젓가락으로 휘저은 김치 국물이나 썰지 않은 오이지를 입으로 베어 먹는 짓거리는 안 하고 살고 싶다. 내가 나를 보듬지 않은 세월을 살았다. 바람그늘 나무처럼 휘어지고 구부러지면서 살아내려고 안간힘 썼던 자국을 다시는 뒤돌아보지 않을 것이다.

차창에 비친 다른 얼굴, 닮은 표정

빈 역에 내렸을 때 비가 쏟아졌다. 우리는 유레일패스로 유럽 기차 여행을 하던 중이었다.

유레일패스 기차 여행은 생각만큼 쉽지 않았다. 함부르크 중앙역에서 기차를 타고 파리로 가려면 브뤼셀 역에서 환승을 해야 했다. 파리행 기차로 환승하는 데 주어진 시간은 겨우 20분. 딸아이가 기차역을 향해 달렸다. 고가 다리를 건너 역 창구로 달려가는 딸을 보면서 나는 조마조마 가슴을 끓였다. 좌석표를 받으러 간 거였는데 가고 오는 거리가 만만찮았다. 마침내 저만치 모퉁이를 돌아 파리행 기차가 플랫폼으로 달려오고 있었다. 나는 캐리어를 끌고 층계참에 서서 방방댔다. '왜 안 와? 문제가 있는 거니?', 혼잣말을 씹으면서. 그때 딸이 계단 위쪽에서 구르듯 내려왔다. 얼굴이 파랗게 질려 있었다. "왜? 무슨 문제 있니?"

"좌석표에 쓰인 숫자를 찾아서 뒤로 가야 해요." 딸이 막무가내로 앞장섰다.

유레일패스 좌석은 우등 칸이었다. 좌석을 찾아 앉은 뒤 딸애가 불쑥 말했다. "처음이잖아요."

'그래서 어쨌다고?' 나는 입 안에서 그 말을 씹어 삼켰다. 딸하고의 여행, 유레일패스 기차 타기, 환승 절차, 그 모든 과정이 처음이었다. 무 토막을 자르듯 명백한 단답식 말투까지 어쩌면 그렇게 어미 닮았는지. '그럼, 처음이니까 서툴고 미흡하고 불안한 거야.' 해도 될 말이지만 할 필요를 느끼지 않았다. 멀리 알프스의 사면 자락이 창가를 스쳐갔다.

이탈리아로 가던 도중 빈에서의 하루는 딸아이가 정한 스케줄이었다.

호텔 예약을 미리 하지 못했기에 딸아이는 빈 중앙역 관광안내소에 설치된 컴퓨터에서 하룻밤 잠자리를 찾아 자판을 두드렸다. 한참 실랑이를 벌이다 딸이 "방 얻었어요, 가요" 하고 앞장섰다.

"택시 안 타니? 비 오는데?"

딸아이가 길 건너편에 있는 호텔 간판을 가리켰다. "저긴데 그냥 걸어가요."

비 맞은 동양의 나그네들은 커다란 캐리어를 끌고 호텔 문을 밀고 들어섰다. 여행 비수기여서 호텔은 썰렁할 정도로 한가했다.

안내받은 트윈 객실의 천장은 높고 고딕식 창문은 우아했다. 파리에서 이틀 밤 투숙한 역 앞 호텔과는 비교가 안 되었다. 5월이었지만 천장이 높은 객실은 서늘했다. 벽에 붙어 있는 호텔의 역사를 훑어보았다. 1800년대 당시 어떤 부호의 집을 개조한 건물이었다. 너른 현관에서 2층으로 오르는 층계가 양쪽 날개처럼 뻗어 있었다. 직선이 아니라 완만하게 구부러진 곡선미는 우아함의 극치였다. 많은 나라를 다녀보지는 않았지만 그날 밤 묵은 객실의 청백색 청결함은 단연 압권이었다. 골목을 면한 네 개의 긴 창문을 가린 이중 커튼, 그 허리에 묶인 벨트의 매듭, 묵직하게 드리운 중후한 질감이 유럽이 지닌 중세의 풍요를 만끽하게 해주었다. 하룻밤이 아쉬웠다.

몸을 씻고 침대에 누웠다. 고단했지만 잠은 들지 않았다. 문득 '한국의 호텔은 어떨까?' 하는 생각이 절로 굴러갔다. 서울의 5성급 호텔 객실에서 밤을 보낸 기억은 없지만, 그 비교 대상이 호텔에 국한된 건 아니었을 것이다. 우리가 떠안고 살았던 가난, 초가지붕과 토방, 가마솥에 불을 지펴야 하는 열악한 부엌 구조가 내 의식 속에서 삐쭉거렸다.

오스트리아 역시 역사의 질곡을 겪었고 사방이 강대국으로 에워싸인 내륙국이다. 지하자원이나 석유가 생산되지도, 인구가 많은 나라도 아니다. 그럼에도 세계에서 가장 살고 싶어 하는 나라로 건재한 것은 그들이 도시를, 문화를 소중하게 가꾼 결과라고 봐야 할 것이다.

빈 여행이 처음은 아니었다. 1991년 고등학교 동창끼리 모차르트 100주년 기념 음악회에 참석하려 빈을 찾은 적이 있었다. 음식은 소금기 때문에 먹기 어려웠지만 커피와 초콜릿으로 허기를 메운 기억이 남아 있다.

비가 추적거리는 빈이었지만 딸과 함께한 여행은 행복했다. 이튿날, 기차를 타기 전 우리는 그 유명하다는 시계탑을 향해 걸었다.

2층으로 된 시계탑에서 빌헬름 5세의 결혼을 기념하기 위한 기마전이 열렸다. 멀리서 작게 보였지만 사람 크기만 한 인형들이 목마를 타고 나와 기마전을 펼치고 있었다. 별로 넓지 않은 광장은 인파로 그들먹했다. 12시 정각, 2층 기마전이 15분 만에 끝나고 1층에서 댄스곡이 흘러나왔다. 인형 서른두 개가 춤사위를 벌였다. 마흔세 개의 종이 열두 번 울렸다. 시청 언저리에서 중세의 문화가 관광객들을 사로잡았다.

우리는 캐리어를 끌고 천천히 역 쪽으로 걸었다. 하늘은 맑고 공기는 싱그러웠다. 빈에 대한 아쉬움을 가슴에 담은 채 우리는 이탈리아로 출발했다.

우리 모녀는 여전히 입을 다문 채 고요를 누렸다. 무간섭주의인 나의 어머니로 인해 길들여진 묵언의 일상이다. 창백한 정적이었다. 데칼코마니처럼 접힌 닮은꼴로 나란히 앉아 우리는 알프스의 중동을 가로질러 이탈리아로 넘어가고 있었다. 나폴리까지 내려갔다가 다시 기차를 타고 함부르크로 되돌아가는 내내 모녀는 조용했다. 그 맹랑한 침묵의 근원이 아직도 내 가슴속에 멍으로 남아 있다.

기차 여행으로 유럽을 한 바퀴 돌았다. 1990년대 중반, 아마도 내 생애 등마루쯤이 아니었을까. 불화했던 모녀는 아니었다. 그저 딸아이나 어미나 말이 많지 않았을 뿐이다. 기차의 차창으로 흐르는 그 안온하고 정리된 유럽의 경관을 바라보는 눈이 침묵을 고수하게 만들었는지도 모른다. 오스트리아에서 이탈리아로 가는 기차, 알프스의 산자락을 끼고 달리는 창밖의 풍광은 거대한 수채화 밭이었다. 낮은 비탈로 이어지는 수선화 군락지는 지금도 여전할까?

맞잡은 손의 온기

나는 가족 이야기를 별로 안 하는 편이다. 친구들을 만나도 가족 자랑을 하거나 손주 사진을 들고 나부대지 않는다. 그런데 오늘 다섯 살 된 손자 아이로부터 받은 손의 온기가 금기해왔던 가족 이야기를 터놓게 만든다.

"할머니 손잡아줄래?" 아이가 고개를 흔든다. 수줍음도 유전되는가 싶다. 막내가 수줍음이 많았는데, 그 녀석의 2세도 고개를 지어미 옷 속에 묻은 채 눈만 빼꼼 내다본다. 그러다가 갑자기 "할머닌 아빠 손잡아" 하는 게 아닌가. 저는 제 엄마 손을 잡아야 하고 제 아빠는 할머니 손을 잡아야 한다는 논리 같았다. 모두들 한바탕 웃었다.

손자가 가던 길을 막더니 모두를 일렬로 서게 한다. 그러고는 고사리 같은 손으로 손잡는 순서를 지시한다. 할머니는 아빠 손을, 엄마는 할머니 손을, 저는 가에 서서 어미 손을 잡는다. 한두 걸음 걷다가 나란하게 손잡고 걸어가는 모습을 보더니 활짝 웃는다.

"우리 가족인 거 맞죠? 가족은 이렇게 손잡고 걷는 거래요." 웃음 속에 깃든 모습에 이 할미는 불시에 코끝이 시려왔다.

손자는 요즘 영어 공부 탓에 시간을 분초 단위로 쪼개 쓴단다. 이제 겨우 40여 개월밖에 안 된 아이가 목에 영어 유치원이라는 굵은 쇠사슬을 달고 다닌다. 강남의 젊은 엄마 모두가 그래야 한다면 누가 그 당위를 막을 수 있을까? 며느리와 손자, 아이의 아비 되는 내 아들에게 "그래도 되는 거니? 어린 애를 말려 죽이려는 거지?" 작게 속살거리면 고개를 흔든다.

"신경 꺼요. 엄마 건강이나 신경 써요. 대세라는 게 있어요. 그냥 멀리서 바라보세요."

신경 끄라고 거푸 말하는 이 막내아들은 제 고집으로 두

배가 넘는 군대 생활을 자처했다. 제2보충병으로 낙착된 병역의무 판정에 불복, 학사장교로 자진 입대했다.

아들이 입대하던 날, 경북 영주의 하늘은 섭씨 34도의 열기로 부옇게 타올랐다. 부대 앞 식당에 들어가 고기 한 점이라도 먹여 보내려고 안달하는 어미의 젓가락질을 아들은 타박했다. 맹물만 마시다가 시간에 쫓겨 일어났다. 식당 정수기에서 뽑아낸 물은 미지근했다.

"그냥 제2보충병으로 근무했어야지, 학사장교는 3년 하고도 여섯 달이나 더 한다지? 무슨 사달인지 나는 모르겠다."

옆에 있던 남편이 "조용해요"라며 나를 제지했고, 훈련장으로 들어가던 막내는 뒤도 안 돌아보고 직진했다. 강철 같은 햇볕 속으로 걸어가던 아들의 뒷모습은 왠지 나약해 보였다. 저 거대한 병영 안에서 얼마나 부대끼고 혹사당할지. 세상의 모든 어미는 훈련장으로 들어가는 아들의 뒷모습만 안고 돌아서야 한다. 물기 젖은 눈두덩을 손등으로 닦으면서.

손자 아이가 생글거리며 명령한다. "할머니는 아빠 손잡아요."

"그래 잡을게." 그날 그 뙤약볕 속으로 등을 밀어 보낼 때도 한번 잡아보지 못한 막내의 손을 잡는다.

뭔가 반칙을 하고 있다는 생각이 드는 건 왜일까? 영어 유치원을 누가 강요하는 것도 아닌데. 한창 어리광 부리고 놀아야 할 어린것이 하루 몇 시간씩이나 의자에 묶여 낯선 나라의 국어를 외워야 하는 강남의 풍속은 반칙이 아니라고 할 수 있을까?

"엄마, 제발 신경 꺼요."

"알았어. 한 마디도 안 할게."

성긴 잠

어제저녁 밤잠을 설쳤다. 외출한 날이어서 잠이 쉬 올 줄 알았다. 매일 밤 잠자리에 들기 전에 마시던 국화차도 생략했다. 국화차는 둘째 며느리가 시어머니 친구들을 대접하고 안겨준 선물이다. "어머니 친구분들 제가 대접해드릴게요. 필요하면 언제든지 말씀하셔요."

유학파 둘째 며느리는 직장에 다니면서도 알뜰 살림꾼에 아이한테 헌신적이다. 만날 때마다 내가 감탄하는 것은 며느리의 철저한 자기 관리다. 머리끝서부터 발끝까지 한 치의 허술함도 없다. 하루를 쪼개 쓰면서도 피로한 기색을 보이지 않는다. 그냥 친모처럼 “어머니, 어머니”라고 무람없이 부르는 것도 다정하다.

국화차 이야기를 하다가 곁길로 말이 샜다.

며느리의 국화차는 이태를 우려먹고도 네 송이나 남았다. 한 잔에 세 송이면 충분하다. 잠들기 전 엷게 우려낸 국화차 찻잔을 들고 침대에 앉으면 막내아들 내외가 만들어낼 풍경이 얼핏 눈가에 지나간다. 순진하긴, 막내의 숨김없는 투정을 슬그머니 받아넘기는 며느리의 재치가 나는 좀 불안하다. “자주 전화할 거 없어. 너희들끼리 편하게 살아.”

젊은 날 내게 혹독했던 시간 강탈에 대한 유감이 며느리의 잦은 내방까지 사절하게 만들었다. 며느리는 시어머니를 손님 대하듯, 시어머니는 며느리를 손님이 데리고 온 아이 대하듯 한다. 누구도 내 일과에 걸림돌이 되는 건 편하지 않다. 아무리 귀여운 손자라고 해도 세 시간 지나면 힘들어진다. 나만 힘든 게 아니다. 어린아이도 자기 방식이 있게 마련이다. 서로가 지나치게 엉기는 건 본능에 충실한 저급한 문화의 소산이라고 누군가가 말했다. 그 말에 귀 기울여서 내가 애들에게 엉성한 건 아니다. 서로 편안하게 하는 것이 사랑이고 존중이라 적절한 사이를 만드는 배려다.

국화차 봉지가 비면 며느리한테 국화 모스 부호라도 보낼까?

막내아들은 늙은 엄마에게 불만이다. "주말에 만나 식사해요. 두 분 다 같이요."

"나 일이 좀 있어. 다음에 보자. 더위 한풀 꺾이면."

이리저리 핑계를 댄다. 멀수록 보고 싶지만, 자주 보면 각자의 일정이 부스러지기 십상이다.

너희들끼리 잘 살아. 때로 지지고 볶더라도 너희끼리 삼시 세 끼 밥 찾아먹고 주말에 외식하고 가끔은 오페라 구경도 했으면 하는 바람이다.

너무 이른 깨우침

죽음은 늘 내 가까이 있었다. 죽음이 나를 훑치고 지나간 것은 아홉 살 가을이었다. 그 기억은 벽에 걸린 한 장의 풍경화처럼 또렷하다.

'죽다, 떠나가다.' 이런 말들이 내 언저리에서 부나비처럼 날아다녔다. "너 때문이야. 네가 살았고 네 동생은 제 목숨 다 못 살고 죽었어. 네가 대신 살았어. 대신, 대신. 동생의 몫을 네가 가로챈 거야." 잠결인지 꿈결인지 그런 소리가 들렸다. '동생 대신.' 그 말이 어린 계집아이의 가슴에 돌팔매가 되어 풍덩 가라앉았다.

호열자라는 전염병이 마을을 휩쓸었다. 1942년이었는지 1943년이었는지는 기억이 가물거린다. 최명학이라는 한의사가 안채를 들락거렸다. 무슨 용처로 내실에 들르는지 어렴풋 짐작했지만, 물어보지도 발설하지도 않았다. 그들의 행보는 비밀스러웠다.

내가 할 수 있는 건 조용히 죽음을 기다리는 일뿐이었다. 그때 내 작은 아홉 살의 심장을 움켜쥔 말은 이것이었다. "내가 죽을 거야. 죽으면 끝이야." 그런 말들이 내 입술을 꼬집었다.

긴 잠에서 깨어났을 때 쥐어짤 듯이 비틀었던 배앓이가 씻은 듯 사라졌다. 추석이 지난 아래채 온돌 방바닥에는 냉기가 스몄다. 포대기 한 장으로 온몸을 돌돌 말고 새벽 추위에 항거해 몸을 얼렸다. 얼음 막대기였다. 동생의 시신이 하얀 포대기에 돌돌 말려 지게에 얹혀 나갔고, 나는 다음 날에도 그다음 날에도 아래채 차가운 방에서 음력 8월이 끝나는 날까지 쪼그리고 앉아 있었다.

남사마을의 가을은 차고 매웠다. 당산머리에서 낙엽을 훑치고 내리닫이로 굴러온 바람은 우리 집 텅 빈 마당에 와 뒹굴었다. 계집아이는 부엌이나 안채를 기웃거리는 짓거리는 안 했다. 그냥 조금 미안했다. 하지만 내가 왜 대신, 누구 대신 살았단 말인가? 죽이고 살리는 건 누구의 명령일까?

지금도 나는 죽음을 두려워하지 않는다. 언젠가 맞이해야 할 순서다. 수많은 예방주사를 맞지 않았다. 죽음을 예방하고 싶지 않기 때문이다. 이대로 비실거리다가 들이닥칠 죽음을 겸허하게 받아들일 것이다. 결핵 예방. 대상포진 예방. 감기 예방. 그런다고 죽음을 비껴갈 수 있을까? 하찮은 인간의 술수일 뿐이다.

나의 지금은 누구를 대신한 덤 같은 삶이다. 6월부터 8월까지 한여름 석 달 동안 방 안에 구겨 박혀 소설이라는 대상을 암중모색하는 작업은 내가 나를 단련하는 매운 채찍인지도 모른다.

'길들이다.' 나는 나를 길들이면서 살았다. 세상과 불화하면서도 나는 나의 감정을 숨기거나 위장하지 않는다. 나를 지탱하고 연명해주는 핵은 나 자신뿐이니까. 진솔한 언어, 정직이라는 지팡이를 짚고 먼 길을 걸어 여기에 이르렀다. 어떤 배신이나 비난, 몰아치는 돌팔매질도 나는 수긋하니 받아냈다. 그럼에도 길을 가다 불시에 뒤돌아본다. 버릇이다. 잠자리에 들어서도 구겨진 파지를 손으로 다림질하듯 두 손을 포개어 가슴을 다독인다. 어쩌면 이런 자잘한 손놀림은 뭔가를 씻어내려는, 자책이나 반성을 반추하는 동작이다. 토닥임은 자기 연민을 포장하는 지극함을 담았다. 늘 가던 발걸음을 멈춘 채 뒤돌아보는 버릇도 자기 연민을 다독이는 맥락에 닿아 있다.

시간이 얼마 남지 않았지만, 너무 늦은 깨달음이 아니기를. 연근의 숭숭 뚫린 구멍처럼 가난한 내 영혼, 다듬고 가꾸려는 직진 행보를 이젠 멈춰야 할 때인 것 같다. 살짝 밀어냈던 나의 사람들, 혼자라도 좋다는 그 오만한 행보는 올곧지 않았다. 내가 아닌 우리, 그 작은 공동체가 서로에게 빛이 되었으면.

오후의 외출

오후의 약속은 일단은 부담스럽다. 밤 문화에 길들여지지 않은 탓이다. 좁은 울타리 안에서 반생을 살았다. 한마디로 촌스러움의 극치다.

20대 전후로 우리 집 통금 시간은 계절에 관계없이 오후 7시였다. 그 7시가 저녁 식사 시간이었기 때문이다. 식사에 늦으면 밥도 반찬도 남겨두지 않았다. 한참 후에 알았다. 대소쿠리에 담아 주방 선반에 올려뒀다는 것을.

그 무렵 수도관이 닿지 않았던 집들은 저마다 마당에 있는 펌프로 물을 길어야 했다. 늦은 시간, 펌프질 소리도 내서는 안 되었다. 부엌에 있는 물독 물도 사용할 수 없었기에 발을 씻지 못한 채 잠자리에 들어야 했다. 타당한 이유나 근거 있는 변명조차도 우리 집에서는 통용되지 않았다.

그렇게 오후의 외출은 내 일상의 목록에는 없다. 소설을 쓰면서부터 책을 출간한 문우의 축하 모임에 가끔 나가곤 한다. 내 생활 범주라는 게 손바닥만 해서 그 또한 잦은 건 아니다.

6시 모임일 경우 5시쯤 집에서 나가면 되는데, 나는 서너 시간 앞서 나간다. 영화를 한 편 보고 모임에 참석하면 될 일이다. 젊은 날을 옭매었던 통금도 없고, 식구들이 눈치 주는 것도 아니다. 그러나 여전히 밤 외출이 성가신 것은 순전히 나의 소심함 때문이다.

언제인가부터 밤이 무서워졌다. 아파트의 우거진 녹색 그늘도 너무 무성하다. 들고양이나 버려진 개가 어슬렁거리고 다닌다. 외부 현관에서 엘리베이터까지, 집 현관문 암호를 누르는 그 짧은 시간이 희끄무레한 어둠살에 녹아 문드러진다. 낙동강 하구의 허접쓰레기 삼각주처럼 이 시대가 안고 있는 암묵적인 두려움은 도처에 숨어 있다.

나이 탓이겠거니 하면서도 가족이 늦게 귀가하는 시간이

면 창밖으로 고개를 내밀고 두리번거린다.

오후 나들이에 옷이라도 차려입고 나서려면 이웃들의 눈이 민망하기도 하다. '늙은 것이 얼굴에 찍어 바르고 밤 외출이라?' 그런 시시비비에 면역이 되었을 법한데도 나는 아직까지 시대의 잔상을 옆구리에 낀 채로 걸어간다. 구닥다리다.

강아지 루비

젊은 부부가 예쁜 말티즈를 안고 있었다. 우리 루비와 너무 닮았다. “개 이름이 루빈가요?” 나는 나답지 않게 추적거렸다. 그 개를 오늘 산책길에서 또 만났다. 루비가 죽은 지 꼭 1년 만이다.

1997년 가을 루비를 입양했다. 대전에서 대학교수로 근무하는 큰아들의 “강아지라도 있었으면” 하는 혼잣말이 귓결에 스쳤다. 새로 개업한 동물병원에 가서 예약을 했고 몇 개월 기다린 끝에 예쁜 말티즈가 우리에게 왔다. 태어난 지 3주 정도밖에 안 된 솜사탕 뭉치만 한 강아지였다. 백설 같은 하얀 털에 검은 흑진주 눈이라 하면 참 유치찬란한 묘사라고 흉보겠지만 그 이상 무슨 말로도 루비를 표현하기에는 역부족이다.

루비에게 필요한 집, 방석, 옷, 사료를 완벽하게 준비했지만, 우리 집에 온 루비는 어떤 손짓에도 어떤 미소에도 대응하지 않았다. 냉정했다. 방구석에 오도카니 쪼그리고 앉아 외면했다. 그런 서먹한 와중에 큰아이가 대전으로 데리고 가야겠다며 서둘렀다. 본디 목적이 큰아이의 빈방 채워주기였다. 다만 어린것이 먼 여행길에 멀미나 하지 않을지 걱정스러웠다.

큰아이가 루비를 안고 운전을 했다. 불안한 마음보다도 언제 정이 들었다고 내 것을 빼앗긴 듯한 서운함이 더했다. 그렇게 큰아이는 주말에 상경할 때마다 루비를 안고 운전하는 위험을 감수했다.

겨울 방학이 지나고 구정 무렵 루비를 데리고 온 아들이 내려갈 채비를 하면서 고개를 꺾었다. "루비야, 엄마하고 잘 지내. 내가 왜 널 두고 가는지 알겠지. 쓰레기통을 뒤집어 온 방을 쓰레기 구덩이로 만들었잖아. 혼자 내버려둔다고 반항한 거야? 하지만 어떡하니? 학생들 기다리는 강의 시간 땡땡이치고 너하고 놀 수는 없잖아.”

두고 가야 하는 아쉬움을 혼잣말에 버무려 구시렁거렸다. 옆에서 듣는 어미 가슴이 먹먹했다. 어미는 속으로 중얼거렸다. ‘강아지한테 목매지 말고 연애를 해. 인간을 사랑해라.’ 하지만 그 무렵 아들은 잘 지내던 A양과 헤어진 직후여서 다시 사랑을 재조립하기까지는 시간이 필요했을 것이다. ‘영원히 지속 가능한 사랑이라는 기묘한 신기루를 잡을 수 없다면 그 슬프고 애절한 스토리텔링을 너무 자주 남발하지 않도록 막간을 두렴.’

훈계나 조언은 금물, 부모 자식 간에는 함부로 위하는 척 입을 놀리면 모자지간 틈새가 더 벌어진다. 그래서 가급적이면 아들도 손님처럼 멀리서 바라보는 것이 살아온 만큼의 지혜라는 걸 알았다. 어차피 내 자궁에서 꺼낸 자식이라도 하나의 개체로 존중하고 인정해야 할 것을. 매달리고 구걸할수록 피차 부담감과 피로만 보태질 뿐이다.

시간은 사이와 사이를 어르는 막간이다. 살아가는 동안 도처에 복병처럼 숨어 있는 징검다리를 무사하게 건너는 것이 생의 과정 아닐까? 자칫 헛발 디디면 강물에 풍덩 빠지기 십상이다. 옷만 젖을까? 소중하게 간직했던 자신의 모든 이야기마저 물에 불어터져 뭉개진다.

"주말에 올게. 루비야, 안녕." 루비의 말똥한 눈은 애타게 말하는 젊은 주인을 두고 엄마를 향해 있었다. 그렇게 루비는 우리 집 식구가 되었다. 생후 3개월이 넘었는데도 루비의 몸피는 내 팔 길이만도 안 됐다. 희고 부드러운 털 아래 감춰진 앙상한 갈비뼈의 그 연약함이라니. 루비는 많이 먹지도 많이 배설하지도 않았다. 베란다에 비치해둔 신문지에 나가서 일을 보기 시작한 건 우리 집에 온 지 6개월 만이었다. 그 이전에는 산책길에서 용변을 해결하도록 남편이 산책 도우미를 열심히 했다. 루비를 목욕시키고 예방 주사를 맞히고 털을 깎이고 밥을 주고 용변 처리를 해주는 남편, 그 극진한 보살핌에도 불구하고 루비는 내 치맛자락 근처에서 맴돌았다. 내가 책상에서 작업을 하면 루비는 책상 안의 작은 공간에 들어가 나를 쳐다보고 있거나 웅크리고 잠을 잤다.

분양해준 동물병원 의사가 말했다. "루비에게 어머니가 1순위이라 그렇게 따르는 겁니다. 분양했을 때 어머니가 안고 가셨잖아요."

그런데 루비에게 사신이 다가왔다. 유방암이었다. 시집

도 못 보낸 처녀인데, 달리 방법이 없었다. 수술을 해야 할지 그냥 둬야 할지 한동안 갈등했다. 루비는 꽉 찬 열세 살이었고, 수술을 감당하기엔 쇠락해 있었다. 그 와중에 나는 여행을 떠났다. 2주간 여행을 끝내고 집에 왔을 때 루비는 보이지 않았다. 남편의 말. "안락사 시켰어."

나는 터놓고 울었다. 그 무렵 긴 여행을 하게 된 데는 가족 간의 불화도 한몫했을 것이다. 1997년 가을에서 2010년 가을까지 루비와 같이했던 그 13년 동안 우리 집을 지배하고 있었던 분위기는 울퉁불퉁했다. 위기라면 위기일 수도 있었다. 나는 작업에 매달렸다. 그때 방구석에 처박혀 쓴 소설이 『난설헌』이다.

갈등의 보풀들이 일어 만신창이가 된 나날, 책상 앞에 앉아 일곱 시간 이상 꼼짝을 안 했다. 그 조금은 지독한 칩거가 결과적으로 하나의 작은 탑을 내게 안겨주었지만, 삭아 문드러진 몰골은 애처로웠다. 그때 내게 온 위무의 한마디, '넘어진 자리에서 일어서라'라는 말은 나에게 명언이 되었다.

나의 지병을 치유하고 나를 일으켜 세워준 근간은 스스로의 의지뿐이었다. 넘어진 자리에서 일어섰다. 징검다리를 건너면서 한쪽 다리를 헛딛지도 물에 빠지지도 않았다.
참 잘 견뎠구나 싶으면서도 그런 내가 나는 조금 무겁다.

철이 들면

'철이 들다.' 성숙의 중량을 이르는 말이다. 어릴 때는 천진난만하다, 중고등학교 무렵에는 유치하단 말을 들었고 청장년기에는 보기와는 다르게 여리다는 말을 자주 들었다.

언젠가 소남 고모가 귀청에 불어넣어준 말. "넌 깍쟁이처럼 생겼잖느냐. 그러니까 더 사분사분해야 한다."

"사분사분이 뭔데요?"

고모는 두 손을 겹쳐 잡고 왼편 가슴을 다독였다. 나는 그 손의 작은 율동을 알지 못했다. 중년에 들어 어느 순간 그 말의 의미를 깨달았다. 아마도 머리끝까지 화가 치밀었던 어떤 때였을 것이다.

"화를 다독여. 끓어 넘치면 너만 타는 거야. 깻묵처럼 말이다." 사분사분하고 여리다는 형용사가 서로를 손짓하면서 다가오는 것을 알았다.

근년에 칭찬인지 비웃음인지 모를 반죽된 언어들이 나를 놀린다. "세상 물정에 너무 어둡네." "철이 덜 들어서, 영혼이 젊어서 아직도 소설을 쓰는 거요." 별의별 소리를 다 듣는다.

나는 개의치 않는다. 본디 좀 유치한 면이 없다고는 못한다. 그러나 누구의 입에서 나온 말이든 그것은 그 사람의 자유 발언일 뿐 나의 참모습을 지적하는 건 아니다.

사람들은 누구나 다면체의 정서를 지녔다. 학업을 중단한 고등학교 동창하고 만나면 절대로 졸업장 시시비비를 삼가야 하고, 나보다 형편이 어려운 친구를 만나면 호사스러운 식사보다 백화점 지하 식당이나 기사 식당에서 식사를 해결한다. 비슷한 수준의 벗들을 만나는 경우는 예외 없이 회비로 공동 분배를 고수한다. 이것이 삶의 방편이라고 내 친구 수니는 말했다. "사람의 앞면만 보고 그 사람의 인품을 평하는 건 경솔한 잣대야."

나는 내가 이중적이고 이기적이고 자기 본위적인 성품이 아니라고 악착스럽게 자신을 비호하지 않는다. 어떤 좌석이든 허술하게 앉아 있다가 누군가가 내 이름을 들먹이면 귀를 세우고 눈을 치뜬다.

내가 화제에 오르면 이유 없이 발끈한다. 포용력이 부족하고 는적대는 능구렁이식 처세에 미숙한 탓이다. 미숙이라는 단어는 나를 상징하는 은유 같다. 모든 면에서 나는 미숙하고 어리바리한 편이다.

1954년, 대학입시 경쟁이 지금처럼 치열하지는 않았지만 나름의 다툼이 없지는 않았다. 그때 나와 절친한 친구와 같은 대학에 입학원서를 넣었다. 불행하게도 그 친구는 낙방, 나는 합격. 그 결과를 두고 친구가 교무과에 가서 답안지를 봐야겠다며 노발대발했다. 부정 입학이라는 말이었다. 솔직히 나는 대학에 갈 형편이 아니었다. 등록금이 저렴한 사범대학이 아니면 엄두도 내지 말라는 부친의 엄포가 나를 촉발시켰을 것이다. 경쟁률이 대단하지 않았다 해도 사범대학만큼은 예외였다. 전국에서 모여든 형편 어려운 학생들로 다른 단과대학에 비해 훨씬 치열한 경쟁률을 고수했으니까.

그때 친구가 내 앞에서 직설로 퍼부었다. "단연코 부정 입학이야. 네가 감히?" 울어서 퉁퉁 부은 눈으로 그녀가 쐐기를 박았다. "너 수학 낙제 점수 받았잖아."

그랬다. 수학뿐 아니라 나는 공부에 별로 집중하지 않았다. 못한 것이 아니라 굳이 공부 좀 하는 아이로 집안에 분란을 일으키고 싶지 않았다. 언니와의 암투에서 백기를 들고 살아야 내 자리가 편안했다. 하지만 입학시험 6개월 전부터 암기 과목하고 '수학의 정석'을 들고 팠다는 말은 안 했다. 기억력은 제법 있는 편이어서 벼락치기 공부가 가능했다. 친구에게는 조금 미안했다. 내가 누군가의 경쟁 대상이 된 건 그때가 처음이었다.

그녀 말고 누구도 나를 건들지 않았다. 소남 고모가 귓속말로 속삭였다. "나서지 않고 구석에 끼어 살아도 네 자리는 있다. 서른 살 넘어가면 그때부터 네 멋대로 살게 될 거야."

나는 먼 미래, 서른 살의 까마득한 고비를 믿지 않았다. 아홉 살에서 스무 살까지의 그 길고 울퉁불퉁했던 오르막

자갈밭 길을 맨발로 걸었다. 나를 살게 한 건 그 불투명하고 아득한 소망 때문이었다.

고등학교 1학년, 부산 초량목장 분교에서 「흑산도」의 작가 전광용 교수를 만났다. 시화전을 열고 시 낭송회를 하고 교지 편찬도 하며 문학소녀의 꿈을 가꾸었다. 그 소문을 들은 부모님이 도마와 칼을 들고 와 내 오른 손목을 잘라야 한다고 협박하셨다. 나는 펜을 던졌다.

작가! 그 꿈을 가슴속에 겹겹이 감춘 채로 50여 년을 살았다. 1995년 예순한 살의 문학 지망생은 자신의 초췌한 모습을 세상 밖으로 내놓았다.

나는 아직도 현역이다. 과작이지만 매일 조금씩, 쥐가 소금을 먹듯이 작업에 전력투구한다. 살아 있는 동안 내 삶의 명맥을 유지하는 작업이다.

'철이 들다.' 제각각 풀이하는 해석은 다를지 모른다. 나는 한마디로 이렇게 정의하고 싶다. 자신의 그릇을 키우는 것이라고. 젊은 날에는 예쁘고 앙증맞은 그릇器에 자신만의 고유한 꽃을 꽂고 싶어 한다. 그건 어쩌면 하나의 고정된 틀이다. 그 틀을 벗어 던지고 자신의 매듭으로부터 스스로 탈출하는 용기와 폭넓은 사고가 철들기의 첩경 아닐까? 다

분히 추상적인 문장을 구체적으로 지적해보면, '그릇을 키운다'라는 말에 함축된 의미는 경계를 허물다, 미움이나 원망의 시위를 누군가에게 당기기 전에 먼저 자신의 심장을 겨냥해볼 필요가 있다는 뜻이다. 자기 본위적인 사고에서 남을 먼저 배려하고 남의 불편을 우선시하는 넉넉함이 바로 성숙의 공식인 듯하다.

해거름

오뉴월 오후 7시 해거름은 커다란 수채화 캔버스 같다. 천변 방죽 길엔 산책 나온 사람들로 붐빈다. 운동이나 산책에 게으름을 피우는 나도 해거름 산책은 놓치지 않는다.

어린 날, 해거름에 일어났던 기억 하나.

나는 고모 앞에 무릎을 꿇고 앉아 있었다.

바느질 함지를 들고 나온 고모가 일갈했다. “실을 꿴 바늘을 들고 아무래도 네 입을 꿰매야겠다. 그렇게 조동아리를 나불거리면 못쓴다. 하고 싶은 말이 있어도 목구멍으로 삼키고 먹고 싶은 것이 있어도 혀를 지그시 깨물고 돌아봐야 한다. 어찌 하고 싶은 걸 다 하고 살 생각이냐?”

아홉 살 계집애가 징징거렸다. “동생이 제 모종밭을 밟아 뭉갰는데요. 그래서 제가 처음대로 해놓으라고 했어요. 그게 잘못한 거예요?”

“뭘 잘했다고 조동아리를 놀려? 네 살이나 어린 동생한테 모종밭을 제대로 해놓으라고 으름장을 질러?” 고모가 내 아래위 입술을 포개 잡고 길고 튼실한 바늘을 들이댔다.

“여자란 다소곳하고 정갈하고 고요해야 한다. 억울하고 분해도 금방 되갚아줄 생각은 하지 마. 정 억울하면 네 힘을 키워서 그 억울함을 풀면 된다. 공부 잘하고 좋은 학교 가고, 너의 장래희망이라는 선생님이 되면 참고 살았던 분함을 갚아주는 거야. 화내고 질질 짤 시간에 책을 읽고 공부하면서 능력을 보태. 좀 어리숙하게, 어눌하게 살아라. 그런다고 누가 널 모자란 애로 보겠니?”

그렇게 말하던 고모는 머리를 깎고 스님이 되었다.

조금 모자란 아이로 나는 스스로를 길들이면서 산 것 같다. 중고등학교 다닐 때는 집안 형편이 어려워 가정교사를 해야 했다. 담임 선생님이 추천해준 목사님 댁 4학년 여학생 또래들이었다. 한창 몸에 변화가 있을 시기여서 늘 졸려 했다. 잠이 부족했을 것이다. 학교 성적도 후다닥 떨어졌다. 부산 초량목장 가교사에서 공부할 때였다. 겨울 교복을 새로 장만할 형편이 못 되어 아버지 바지를 줄여 입었다. 반장 아이가 날마다 놀렸다. 나는 그냥 참고 견뎠다. 사납게 날뛰는 반장 아이를 제압할 능력이 없었다. 공부도 잘 못하고 인물도 없는 평범한, 아니 조금 모자란 아이의 가슴 속에 매일 피가 흘렀다.

1970년대 초 내가 공립 여자 중학교에 근무했을 때 날 놀리던 반장이 찾아왔다.

"우리 ○○이 좀 잘 봐줘."

반장의 딸아이는 엄마를 닮아 공부는 잘했다. 왼쪽 눈 밑에 오백 원짜리 동전만 한 검은 반점만 아니라면 엄마보다 인물도 나았다.

한번 반장은 영원히 반장이었다. 내가 직장을 그만둔 직후 한창 소설 공부를 할 때였다. 시간을 쪼개 쓰고 있을 무렵 그녀가 모교 동창지에 실려야 할 자신의 원고를 대신 써 달라고 했다. 나는 그녀에게 만만한 심부름꾼이었다.

세월이 많이 흘렀다. 우린 모두 70대를 넘어 서로의 주름진 굴을 마주보는 사이가 됐다.

어느 날 반장이 모교 《숙란화보》에 나의 기사를 실어주겠다며 후배 편집장을 대동하고 왔다. 점심 자리도 마련했다. 대단한 선심이고 파격적인 대우였다.

왜 그러는지 나는 알았다. 가난해서 아버지 바지를 헐렁하게 입고 다니던 바보 머저리, 공부도 못하던 오종종한 애가 어느 날 작가라는 이름을 달고 일어선 것이 그녀에게는 충격이었을 것이다.

나는 여전히 어정쩡한 편이다. 고모님이 했던 말. "수굿하니, 지긋이, 반듯하게 살면 된다." 그 말이 내 생애를 관통하고 지나갔을 것이다.

바보로 길들여진 어정쩡한 품새를 앞세우고 살았던 날들이 그리 행복하지만은 않았다.

저물녘이면 생각난다. "네 입술을 바늘로 꿰매야 할 것이야. 말로, 인물로 이기는 거 아니다. 네 속으로 힘을 키워. 아무도 널 만만하게 안 볼 거다."

그날 어머니가 텃밭에 고추를 모종하고 비실거리는 몇 포기는 내버렸다. 나는 그것들을 주워 담 모퉁이에 심고 그 둘레로 흙살을 돋워 경계를 지었다. 비 온 뒤라 흙살이 촉촉했다. 멀리서 보고 있던 장난꾸러기 동생이 부지깽이를 들고 달려들었다. 그러나 동생이 잠든 후 나는 고추 모종밭을 다시 일으켜 세웠고 동생은 까맣게 잊어버렸다.

"거 봐라, 네 동생이 정말 몰라서 가만있겠니? 어린것이 널 넘겨본 거야? 어떻게 하나 보고 싶었던 것뿐이지. 형제간 우애는 그런 거다. 알고도 못 본 체, 미워도 티 내지 않기, 싫은 일 시키지 않기. 저기 보렴. 분홍색 석양이 금세 잿빛으로 사그라지지? 화가 날 때 조금만 참으면 된다."

해질 무렵, 소남 고모의 그 한마디가 내 생을 잘근잘근 밟고 지나갔음을 깨달았다. 그럼에도 나는 끝내 내 못된 성정머리를 원천 봉쇄는 못 했다.

2장

지금이 좋아

창가에 와 서성이는 인수봉

북한산 산자락에 엎드려 있는 아파트 군락은 소박한 별장촌 같다. 나는 내 인생의 마지막 주거지로 정착한 북한산 북벽, 이곳 일상의 날들을 축복으로 여긴다.

계절에 따라 화려하게 변주되는 북한산의 치장은 인간에게 주어진 자연의 위대한 선물이다. 눈뜨는 아침마다 창문을 열면 마주하는 능청스러운 능선머리, 그 장대한 푸름에 날 섰던 어깨가 절로 수그러든다. 세상의 어느 산이 아름답지 않을까마는 산이라고 다 같은 산은 아니라는 생각이다. 푸름을 이고 있는 모든 산의 푸름이 다 같지 않듯 단풍너울 들쓴 북한산의 가을은 첫날밤을 치르고 나온 신부의 자태만큼이나 싱그럽다.

단풍이 발갛게 터지는 까닭은 여름 내내 자글거렸던 녹색 열정의 낭패한 추락 때문은 아닐까? 누군가는 말했다. 몸속에 남겨두었던 한 꼭지의 미련이 재가 되기 직전 타오르는 것이라고.

단풍은 여름이 남기고 간 시간의 멍이다.

검붉은 잎을 나풀거리며 입동의 영하에 수긋해진다. 고요한 순응이다. 견뎌낼 수 없는 한밤의 냉한을 피해 스스로 조락을 자초한다.

단풍 길을 걷는다. 나의 무작스러운 발길에 짓밟힌 붉은 잎들이 작은 비명을 다스리며 또 밟히고 구둣발에 차인다.

기실 노인들의 가슴이 잿빛이라고 말하는 시인은 분명 색맹이거나 극심한 난시가 분명하다. 노인들은 저마다 채도와 밀도가 다른 붉음을 담고 있다. 허리 굽고 허연 갈대머리를 이고 미간 골 주름을 모자챙에 가렸지만 그 심장은 흑장미보다 더 붉다. 사랑이냐 배신이냐 그 지난한 질곡을 수십만 번 반복하는 동안 터득한 지혜랄까. 서산 넘기 전 작열하는 노을의 현란한 빛의 분사가 바로 노년의 피 흘림이다. 가진 자든 못 가진 자든 이승의 문턱을 넘어가는 무렵의 뒷모습은 고독이라는 가시등짐이다. 모두들 그 시기에 이르면 서로의 눈을 마주치지 않는다. 같은 길로 가야 하는 동병상련의 너덜거리는 아픔을 고개 끄덕여 동조하면서도 너와 나의 다름을 소리 없는 말로 주절댄다.

홍차 한 잔, 영혼의 맛

마트에 가서 처음 발길이 닿는 곳은 차 진열대다. 우연히 마트 앞에서 마주친 같은 동 부인이 "뭐 사시게요?" 궁금해 한다.

"그냥요. 홍차 종류가 다양해요."

"홍차요? 녹차를 마셔요."

"녹차도 마시긴 해요."

"홍차는 카페인이 많잖아요." 부인이 목소리에 힘을 싣는다.

내가 홍차에 매료된 것은 영국 더블린 여행에서였다. 객실에 비치되어 있는 홍차 티백을 생수병에 넣어 온종일 마셨다. 물비린내를 가시게 할 생각으로 넣었는데, 뜻밖에 그 향이 입 안 가득 깨물렸다. 뭐랄까? 언어로 표현할 수 없는 사근 씁쓸한 맛, 풋내 같은 풀 향기. 흡사 젖멍울이 벙싯 벌어질 무렵 풋소녀의 살 냄새 같았다.

더블린 공항 면세점에서 금속 통에 담긴 홍차 두 통을 구입했다. 일행들이 의아해하는 눈치였다.

티백이 아닌 말린 풀잎이었다. 그래서 더 좋았다. 물을 끓여 1분쯤 식힌 다음 찻잎을 넣고 우려내는 3분 동안 서서 기다린다. 보통 커피 두 잔 분량이 담기는 도자기 머그잔이어서 진하지 않다. 엷고 성기고 당분이 가미 안 된 풀의 향기가 머그잔에 녹아든다. 하루에 두어 잔 마시니 커피 잔 분량으로는 네 잔쯤 마시는 셈이다. 건강에 좋은지 나쁜지는 따지지 않는다. 카페인이라는 독소가 있으니 건강에 득이 될 것 같지는 않지만.

혼자 책상 앞에 앉아 책이나 신문을 뒤적거리면서 홍차 한 모금 머금으면 내 안에 긁히고 쪼개져 있던 빗금들이 마술처럼 봉합되거나 씻겨 나간다.

아꼈는데도 1년 반 만에 두 통 모두 바닥이 났다. 한국에서는 구할 수 없다. 그까짓 홍차 사려고 비싼 항공권 끊어 영국 면세점으로 달려갈 수도 없고. 인생 마지막 무렵 여행 핑계로 훌쩍 날아가 브랙퍼스트 홍차로 혼자 여행의 흥취를 만끽할 수 있다면. 참 말도 안 되는 노닥거림이다.

홍차 한 잔이 몸과 마음을 둘러치고 있던 긴장을 풀어낸다. 낮에 들은 가시 돋친 말에 상심했던 가슴이 속삭인다.

'부질없어. 아무것도 아닌 것을. 마음에 담아두지 마.' 위무하는 말들이 귓가에 와 간질인다. 아무것도 아닌 것들의 잔가시로 피 흘렸던 젊은 날의 가파른 감성도 이제 각질로 두터워졌다. 연륜이 쌓아 올린 면역일까?

홍차가 우러나는 시간은 3분 정도다. 시행착오를 거쳐 물의 온도와 우려내는 시간, 적당한 물의 양을 분별하기에 이르렀다. 귀한 손님을 대접하는 것도 아니면서 물을 끓이고 차를 우려내는 손끝에 정성을 담는다. 하루 일과 중 홍차 마시는 시간을 아끼지 않는다. 종류별로 홍차를 수집하는 것을 두고 괴벽이라 웃는 친구도 있다. 홍차는 내가 호사를 누리는 유일한 종목이다.

차 한 잔이 주는 위안은 대단하다. 내 머릿속에서 들끓는 잡다한 생각들을 정리해주고 끓어 넘치는 감정을 평온하게 다스려준다.

내 홍차에는 아무것도 가미하지 않는다. 우유나 설탕도 본디의 홍차 맛을 희석시킨다. 무릇 모든 맛은 재료가 지닌 순도 백 퍼센트 그대로의 맛이 단연 으뜸이기에.

만물에 딴 찻잎을 찌고 말리고 볶아서 우려낸 물이 홍차다. 가구로 변형된 향나무에서 향이 나듯, 명줄이 있을 때 숨 안에 가두었던 저만의 향을 죽어서야 피워내는 영혼의 맛이라니. 인간이 몇억 년을 진화한대도 죽어 향을 아우르는 존재로 거듭날 수나 있을까?

내 작은 울타리

2009년, 내 생애 마지막이 될지도 모를 집으로 이사했다. 북한산 산자락, 오랫동안 내가 원했던 공간이다.

이곳으로 집을 옮기던 날, 나는 잠과 공부를 겸할 수 있게 가구를 배치했다. 그래서 우리 집 내실은 많이 어수선하다. 공동 공간이었던 서재를 각자의 방으로 분리했다. 서재는 집을 찾아오는 손님에게 과시하려는 의도가 십분 의도된 공간 같다. 솔직히 서재에서 쓴 글은 덧칠한 추상화처럼 난맥상을 이루는 경우가 허다했다. 책상의 방향을 달리 하고 서로의 작업을 곁눈질하지 않았지만 나는 집중

할 수가 없었다. 남편도 자기 방에 책상과 책장, 침대를 들여놓았다. 내실과 그의 방 사이 공간은 독립된 점이지대로 건재하다.

방에 들어와 문을 닫으면 내 방은 바다에 떠 있는 섬이 된다. 작은 나룻배이기도 하다. 집에 아무도 없는데 굳이 방문을 닫을 이유가 있을까? 아마도 내 정서의 밑그림에 저장되어 있는 유년의 벌판이 문을 닫으라고 하는지도 모른다. 가꾸어지지 않은 헐벗은 유년이라고 굳이 제목을 붙일 생각은 없다. 우리 모두는 유년 시절 바람 부는 벌판에 내던져진 채 맨발로 걸었다. 1930년대에 세상에 나온 사람들은 금수저든 흙수저든 핍박한 건널목을 건너기는 마찬가지였을 것이다. 짱짱한 햇볕 속을 쟁그랑거리며 울리던 쇳소리, 일인 순사들이 찬 장도칼이 신작로와 골목을 지나 대문을 흔들었던 햇볕 속의 살기를 얄팍한 문 한 장으로 방어하려는 처절한 몸짓. 강박인지도 모른다. 이 나이가 되도록 방문을 걸어 잠그는 버릇은 여전하다. 문을 닫으면 방은 물밑처럼 고요하다. 아주 잠깐 동안 어깨를 훑치는 오한의 느낌은 30도를 오르내리는 한여름에도 칼 찬 순사의 구둣발 소리가 흘리는 전율의 잔해다.

내가 어렵사리 소설을 쓰기 시작했을 때 그 이야기를 쓰고 싶었다. 2차 대전 말, 우리가 유년에 겪어야 했던 공복과 금속 공포와 활자의 부재와 어쩔 수 없이 방치되었던 세월. 그러나 내 무딘 필치로 그게 가능할까? 날마다 밤마다 가슴앓이를 하면서도 그 백색 깃발 속에 버려졌던 영혼의 후렴구를 건져낼 수가 없었다.

"혼자이면서 문은 왜 잠가?" 노크를 하고 들어온 남편이 우편물을 건네면서 하는 말이다. 노크 소리에 긴장한 노처의 얼굴을 보면서 그는 매번 혀를 찬다. 연륜의 중량으로 서로를 방기하는 무심을 탓하는 대신 애처로운 눈길로 무마된다.

요즘 말로 하면 나는 방콕 성향인 것 같다. 꼭 참석해야 할 모임이나 외출 아니면 집에 붙박여 산다. 노년의 건강 지킴이는 걷기라고 다그치는 자식들 말도 흘려듣는다. 몸의 건강이 중요하듯 정신의 평온도 건강의 핵심이라는 것을 나는 믿어 마지않는다.

근래에는 근육 키우기가 대세다. 어떤 금수저들은 개인 트레이너까지 고용해 100세 근육 운동에 시간과 자본을 아낌없이 투자한다. 그러나 육체의 건강이 중요하다면 그 육체를 조율하는 정신의 근육도 중요하다. 땀을 흘리는 그만큼의 노력, 그만큼의 활력, 그만큼의 충만감을 더욱 효율적으로 일상에 적용하기 위해서는 정신의 자양분 또한 흡수해야 한다.

운동이라면 어릴 때부터 질색했다.

걸어야 한다는 진리 앞에서 나는 매번 추락했다. 궁여지책으로 나만의 방식을 만들었다. 외발로 서 있기. 좌우 발을 바꾸어가면서 서 있는 것도 방 안에서 할 수 있는 운동이다. 창을 열면 인수봉의 허연 맨얼굴이 기웃대고 있다. 한 폭의 풍경화 속에 내가 멍 때리고 서 있다. 달리 무슨 말로 지분댈 수 있을까? 외다리 서기를 그만하고 창문을 닫으면 거기 삐꺽대는 낡은 의자가 지친 육신을 받아준다. 헌신발처럼 편안한 의자. 삶의 끝에 천당과 지옥이 있다 했던가. 살아 있는 내내 평온을 간직한 나날이라면 천당이 따로 없다는 생각이다.

내게 한 가지 소망이 있다면 이 의자에 앉은 채 숨을 마감하는 것이다. 어설픈 자기 연민 따위에서 나온 말은 아니다. 의자에 앉아 있을 때 나는 내가 행할 수 있는 가장 순하고 온유한 무채색의 나를 만난다. 굳이 명상이라는 제목을 빌리고 싶지 않다. 그럼에도 몸과 마음을 엮어내는 그 단단한 고요가 나를 평정한다. 어떤 무엇으로도 살 수 없는 온전한 나의 숨으로 세상을 모두 끌어안는 순간이기도 하다. 나는 모든 신에게 경배하는 구도자가 된다.

맨얼굴, 맨손, 맨발인 채로 빈 위 속에 물 한 모금 머금으면 나의 하루가 기지개를 편다.

겨울의 맛

꽃샘바람이 시리다. 트렌치코트 앞자락이 바람을 타고 너풀거린다. 단추를 끼우고 깃을 여미기라도 하면 동행한 친구가 된 소리를 지른다. "거봐. 북촌 나들이는 늦은 봄에 하자고 했잖아." 짜증이 묻은 목소리다. "개나리나 산수유 피는 시기는 겨울보다 더 춥다니까. 이 새들거리는 꽃샘바람에는 살이 떨려." 맛집을 찾아 북촌 골목을 헤매던 중에 친구가 그냥 아무 데나 들어가자고 윽박지른다.

겨울 추위보다 3월 마지막 주말이 더 춥게 느껴지는 건 가벼워진 옷차림 탓 아닐까? 성급했다. 칙칙한 코트를 벗어 던지고 제법 화사한 카키색 트렌치코트로 치장하고 나선 봄 마중이 꽃샘바람에 쫓겨 으스스 어깨가 떨린다.

칼국수 집에 앉아 서로의 시간을 마주한다.

"난 이제 계절 감각이 무뎌진 것 같아. 그렇게 지긋하던 한여름 땡볕조차 별로 싫지가 않아. 여름 세 달은 집에 칩거했었는데 이젠 막 싸돌아다녀."

친구가 금방 응수한다. "나도 그래. 좋고 싫음의 경계가 무너진 것 같아. 남아 있는 세월이 아까워서 모든 순간이 소중한 거 있지."

"우리 몇 년 전만 해도 선크림 같은 거 안 발랐어. 그냥 맨얼굴로 나다녔잖아. 요즘엔 아기들도 자외선 차단제를 바른대."

"덕택으로 우리는 이 나이까지 비타민 D 안 먹어도 멀쩡하잖아."

내가 태어난 산청군 남사리의 겨울은 매웠다. 내 아둔한 문장으로 그 맵고 아린 추위를 전달하기는 불가능하다. 하긴 그 당시 제대로 된 보온 입성이 있기나 했을까? 지리산 동사면 남사마을 당산머리를 휩쓸고 내리치는 산바람은 청양고추 한 줌을 단번에 입에 넣고 씹는 맛이라 할 법했다. 내 기억속의 겨울은 그랬다. 하지만 그 청량하고 맵디매운 겨울이 그리운 건 향토에 대한 그리움만은 아니지 싶다. 배기가스와 미세먼지, 공해로 후리터번해진 서울의 겨울은 조미료로 맛을 낸 육수같이 텁텁하다.

나만의 감각일까? 여름 더위만 해도 그렇다. 삼복에 내리쬐는 볕살의 열기나 지열, 복대기 치는 열풍의 강도를 태극선이나 삼베 적삼으로 견딜 만했다는 기억은 유년을 미화시키고 싶은 과장된 심리 탓일까? 찬물에 등물을 치고 하루를 마감하는 시간에는 평상이나 대나무 돗자리에 둘러앉아 쑥을 태운 연기로 모기를 쫓았다. 원시적인 일상의 그림이었다. 그랬음에도 그 유년에 보고 느낀 계절의 풍속도는 기억 속에 머물러 그리움을 자아낸다. 이제는 산촌 오두막에서도 선풍기나 에어컨 바람으로 더위를 내쫓고 모기 스프레이를 방출해 날벌레의 접근을 막는다. 살기 좋아진 세상이 도래한 건 맞다. 그러나 2050년쯤 되면 지구가 현존 상태를 유지하고 있을지 의문이 든다. 발전하고 변화하는 속도전에 사람의 기능은 더디게 따라가는 것 같다. 스마트폰을 처음 구입하고 카카오톡을 시도했다. 몇 시간 고

전했지만 익숙해지지 않았다. 무엇보다 눈의 상태가 흔들림과 작은 활자를 밀어냈다. 금방 눈이 발갛게 충혈되었다. 안과 의사는 왼쪽 눈에 문제가 있으니 컴퓨터나 스마트폰 사용은 자제하라고 못을 박는다.

가속화된 변화에 보조를 맞추기에 내가 너무 늙은 탓인 듯싶다. 늙음이 인간의 의지와 달리 받아들여야 하는 현상인 것처럼, 온난화의 주범이라는 이산화탄소도 기술의 발전에 따른 의도하지 않았던 결과다.

이제 이 도시에서 겨울다운 겨울을 기대하는 건 무리다. 주거지를 깊은 산속으로 옮긴다면 가능할까? 하지만 어설픈 문명에 길들여진 육신이 맵디매운 겨울보다 기계 문명의 노예로 살기로 작심한 이상, 조미료로 범벅이 된 후덥지근한 겨울을 살아내야 할 것이다.

절제의 미학

어디에선가 읽었다. 나이 드는 것은 성장 과정의 연속이라고. 하지만 긍정하든 부정하든 늙음은 남루한 쇠락의 흔적이다.

이웃에 사는 F여사는 늦은 오후에 산책을 한다. 나도 그 시간대가 편하다. 온종일 왁자지껄하던 아파트 녹지대는 오후 6시에서 8시까지 지퍼를 채운 패딩이 적당하게 걸친 속옷을 감춰주듯 우리의 존재를 감춰준다. 식탁으로 몰려간 이웃들이 비운 아파트촌의 저물녘 풍경은 회색빛 무대 장막 같다. 여기저기서 기웃대는 걸음으로 슬그머니 무대 위로 걸어 나오는 반백의 노인들.

서쪽 산마루로 기어오른 노을이 자우룩하다.

어린이 놀이터 그네를 차지한 노인이 중얼거린다. "햇볕 산책이 건강에 좋다던데요."

아담한 체구에 곱상하게 생긴 할머니가 한마디 거든다. "이 어둑한 시각에 누가 본다고 모자에 마스크에 보안경까지 챙겼군요. 햇볕은커녕 노을 바라기도 틀렸소."

서로의 행색을 살피는 눈길은 멀고 아득하다.

"햇볕 산책이 좋은 건 나도 알아요. 너무 오래 산 것 같아 자식들한테 민망하기도 하고요. 아직 구순도 아닌데 우리 집 막내아들이 뭐라는 줄 알아요? 직장 생활 23년 동안 퍼부은 부조금을 수거해야 하는데, 우리 엄마 아빠는 너무 건강하시대요. 정년퇴직하기 전에 부조금 수거하긴 틀린 것 같다는 말에 먹던 수저를 놓았다니까요."

곱상한 할머니의 얇은 입술이 바들거린다. "막내아들 어리광이 심하군요."

그네 놀이에 지친 할아버지가 등받이 없는 벤치에 가 올라앉는다. "농담 속에 뼈 있는 말이잖아요. 우리 집 노친네는 삐쳐서 아들하고 말도 안 한대요."

곱상한 할머니가 그네를 밀치고 일어난다. "난 좀 걸어야 해요. 오금이 말을 안 들어요."

벤치에 양반다리로 앉아 있던 할아버지가 급하게 운동화를 신고 일어난다. "이야기나 좀 하다 가요. 온종일 입을 다물고 있었더니 입에 곰팡이가 슨 것 같아요."

"먼저 갈게요. 그렇게 내가 뭐랬어요. 마이크를 장만하세요. 나이 들면 혼자서 놀아야 한다니까요. 노래를 하든지, 연설을 하든지, 마이크에 대고 타령을 하든지. 입을 안 놀리면 입에 가시꽃이 핀다잖아요."

"원, 무슨 주책이람. 혼자서 씨부렁거리란 말요? 누가 보면 미친 사람 취급 당하겠네요."

"누가 봐요? 아무도 노인한테 관심 없어요. 집에 혼자 있어야 좋은데, 영감이나 손자 놈이 기웃거리기라도 하면 그 짓도 못 해요."

"그냥 가시게?"

"온종일 앉아 있었더니 정강이가 굳었다니까요. 난 가볼게요."

깊숙이 눌러쓴 모자에 엷은 보안경으로 가린 희미한 눈자위가 바들바들 떨린다. 마스크로 가린 얼굴이 반쪽이다.

내가 한마디를 거들고 일어난다. "색안경 벗으세요. 어두워서 헛발 디디면 넘어지세요."

주름살을 창피해해야 할 이유는 없다. 자연 현상이다. 막내아들의 친목회 부조금 이야기도 그냥 슬쩍 받아넘기면 된다. 일일이 받아내고 고깝고 성마르게 받아치면 몸도 마음도 구겨진다.

매주 신문에 실린 「김형석의 100세 일기」를 접할 때마다 뇌까리는 말이 있다.

'얼마나 절제했으면! 저분의 평생을 관통했을 통제와 단련과 규칙과 절제는 불가사의한 목숨의 질서가 아닐까? 넘치도록 마시고 먹고 명예와 축재를 욕망했다면 저런 꼿꼿한 100세로 건재할 수 있었을까?'

오후 산책에도 곱게 차려입고 나온 이웃 동 U여사에게 김 교수 이야기를 넌지시 꺼내보았다. 단박에 반론이 달려들었다. "절제라는 말에 동의는 해요. 하지만 수명이나 건강을 욕망을 절제하는 것만으로 취할 수 있는 건 아니라고 봐요. 태생적으로 타고난 건강, 환경, 유전 인자에 교수라는 지위로 살아온 자신감이 만들어낸 면역력이 그분의 현재를 지키게 한 것 아닐까요?"

나는 고개만 끄덕인다. "하지만." 그리고 한마디를 보탠다. "지금의 김 교수를 있게 한 딱 하나만 꼽으라 한다면 단연 절제라고 생각해요. 자기 자신을 극기하는 것만큼 어려운 게 있던가요?"

그녀의 운동화가 흙밭을 걷어차고 일어난다. "햇볕 산책 안 해도, 김 교수처럼 신문에 100세 일기 연재 안 해도, 당신처럼 뻰질나게 외출 안 해도 100살까지 살 자신 있어요. 난 하루 한 끼밖에 안 먹어요. 내가 돈 벌 재간도 없고, 글을 쓸 재주도 없지만 딱 한 가지 자식들한테 폐 끼치는 일은 하지 말자고 10년 전부터 결심한 것이 바로 하루 한 끼에 물 두 주전자예요. 나하고 팔씨름할래요? 당신 나하고 동갑이라 했죠?"

내가 억울해서 한마디 한다. "내가 뭐 뻰질나게 외출한대요? 일주일에 한 번 나갈까 말까 하는데요. 어쩌다가 내가 나갈 때만 용케 마주친 거 아니에요?"

"어쨌거나 팔이나 내놔요." 재촉하는 기세가 만만찮아 보인다.

"운동은 뭐 하세요?"

"난 운동이라면 질색이에요. 그냥 숨 쉬기만 해요."

믿기 어려웠지만 굳이 내게 거짓말을 할 필요가 있을까? 하루 한 끼 식사에 물 두 주전자, 단전 호흡이 그녀의 하루 스케줄이란다.

기어이 그녀에게 팔목을 잡혀 꺾이고 말았다. 어찌나 팔 힘이 세던지 잡히는 순간 팔이 꺾이면서 몸통마저 무너졌다.

'씨름꾼인가? 여자가 웬 팔 힘이 그리 세?' 나는 맥없이 중얼거린다. "항복, 항복해요. 그런데 그것도 절제잖아요. 하루 한 끼가 절제 아니면 뭐가 절제랍디까?"

온전히 나를 위한 시간

우연히 맞닥뜨린 흑백사진 한 장. 나는 가던 걸음을 멈춘 채 쥐똥나무 뒤로 몸을 가린다.

단지의 끝자락에 위치한 소형 아파트 앞이다. 건장한 남자 간호사 두 사람이 묵직한 들것을 앰뷸런스 안으로 밀어 넣고 있다. 그런 와중에 가늘고 힘없는 목소리가 "안 가, 안 간다고", 메마른 외침. 차의 시동이 걸리는 동안에도 애절한 부르짖음은 계속된다. 가족인지 현관 발치에 웅성거리는 사람들. 아이도 있고 어른도 있고 아들로 보이는 젊은이도 있다. 시설로 보내야 할 형편이었을 것이다. 좁은 공간에서 날마다 시간마다 살이 스쳐대는 통에 짜증이 났을 것이다.

집에 와서 그 이야기를 했다. "남자 간호사들이 달려들어 짐짝처럼 옮기더라고." 듣고 있던 남편의 말. "당연한 순서야. 우리도 마찬가지야. 식구들이나 이웃에게 폐가 되는 환자라면 시설로 이동해야지. 혼자 떠나면 될 일을……." 말끝을 여미지 못했다. "운동 열심히 해."

틀린 말이 아닌데도 왠지 속이 허룽거렸다. 나의 마지막이 시설이라면 차라리 쇼펜하우어가 말한 대로 주린 위를 안고 죽음의 징검다리를 건너가는 게 훨씬 나을 것 같다. 목숨 연장을 위해 발악하고 싶지 않다. 시장 바닥을 훑치고 다니면서 좋은 약재, 좋은 식재료를 한 보따리 사 들고 오는 노인을 보면 입 안에 쓴 침이 고인다.

나이 먹을수록 웃고 움직여야 한다는 건강 수칙이 만연한 세상이다. 어디를 가나 100세 시대 타령이다. 텔레비전은 100년 살기 지혜를 방출하는 의료 집단 같다.

몇몇 모임을 정리했다. 자동으로 해체된 모임도 있고 애착하던 모임, 내가 원해서 만든 모임, 억지로 호구 노릇하던 모임까지 대충 대여섯 개였다. 지금 딱 이 시점까지 어영부영 끌려가고 있는 모임은 두세 개다. 가도 안 가도 싫은 소리 하는 이는 없다.

나는 이제 혼자의 시간을 자족한다. 평정심이다. 짧은 시간 동안 내가 최고의 가치로 존중하고 실행해야 할 완벽한 상태는 평정심. 그래서 나는 지금이 소중하고 행복하다.

대신 하지 말아야 할 것에는 단호한 편이다. 한낮에 침대는 아니올시다. 졸음이 오면 의자나 소파에 앉아 잠시 눈꺼풀을 붙이면 된다. 세상 사람들 모두 땀 흘리며 일하는 대낮에 사지를 뻗고 드러누워 평안을 도모하는 일은 안 된다. 요즘 멍 때리기가 뇌 혈류를 건강하게 만든다는 말이 나돈다. 뇌의 휴식인가? 나는 동의하지 않는다. 멍 때리기가 버릇으로 굳어지면 정말 멍청이가 될지도 모른다. 인류의 공통적인 노동 시간이 하루 여덟 시간이라면 직업 없는 백수라도 그 여덟 시간만큼은 움직여야 한다. 할 일이 없으면 공원 같은 데 가서 휴지나 담배꽁초라도 주워야 하지 않을까?

나는 좀 철저한 편이어서 일하지 않는 자의 식탐을 증오한다. 일한 만큼 먹을 권리가 있다. 전업주부의 노동은 하루 여덟 시간을 초과한다. 어느 누구도 그 과부하 걸린 주부의 노동을 제대로 인정하지 않는다. 그래도 우리나라 전업주부들은 묵묵히 가사 노동에 헌신한다.

반성하는 의미에서 어제는 우엉하고 연근을 사 들고 와서 조림 반찬을 만들었다.

우엉 껍질을 벗기고 채 썰어 쌀뜨물에 담근다. 연근도 마찬가지 순서로 벗기고 자른다. 5시에 시작해서 연근조림에 우엉조림, 잔멸치볶음에 호박나물까지 두 시간이나 걸렸다. 집에 먹을 식구가 많지 않다. 남편은 그런 밑반찬을 즐기지 않는 편이다. 결국 나 혼자 먹자고 한 반찬이다. 그런데도 찬합에 가득 담긴 그것들이 하루의 포만감을 안겨준다. 먹는 일도 즐겁지만 그 즐거움을 증폭시키는 일, 볶고 지지고 하는 동안 나의 실존을 확인하는 과정이 더 즐겁다.

느슨한 식탁

내 식탁이 요즘 그렇다. 하루 두 끼니조차 번거롭다. 흔히 주변 어른들이 먹는 즐거움이 없다고 하는 말을 들었을 때 나는 깊이 이해하지 못했다. 먹는 즐거움? 살기 위해 먹어? 먹기 위해 살지. 논리 같지도 않은 입씨름으로 한때 부산했다.

오랫동안 탄수화물에서 헤어나지 못했다. 쌀밥, 떡에 빵, 감자나 과자들. 그것 말고는 먹을 것도 없었다. 채식을 위주로 하는 내 경우 주식은 풀하고 밥이다. 그러다가 어느 날 호텔 브런치에 불려가서 치즈와 고기가 지닌 그 관능적인 부드러움에 혹하고 말았다. 우리 집 식탁에도 변화가 일었다.

아침 식탁에 김치하고 찌개를 올리지 않았다. 다행히 같이 사는 사람도 염분의 과다 섭취를 염려하는 편이어서 간편식으로의 변화를 수용해주었다.

노인의 아침 식탁은 부산하다. 우유 마시는 방법이 달라졌다. 에스프레소 한 잔에 우유 60퍼센트. 적당한 비율이다. 사과 반쪽에 달걀 반숙, 바싹 구운 잡곡 토스트 반쪽이면 된다. 식사 후 체중은 170그램 늘어난다. 점심이 문제다. 밥에 밑반찬으로 해결하다가 요즘엔 그마저 성가셔졌다. 냉동만두나 감자를 삶아 먹거나 팥을 삶아 설탕을 자제한 밍밍한 팥죽을 먹는다. 저녁은 오후 4시에서 5시 사이 우유 한 잔에 고구마 반쪽으로 내 위는 길들여졌다. 대충 탄수화물이다. 주말에 종종 아이들과 함께 고기를 먹지만 별로 입에 당기지는 않는다.

언젠가 문우들 모임에서였다. 대여섯 명 모여 백화점 식당에서 고기를 먹었다. 대학병원에서 채혈하는 날이라 열다섯 시간 동안 공복 상태였다. 배가 많이 고팠다. 내 젓가락이 열심히 고기를 입으로 날랐을 것이다. 옆에 앉아 있던

M여사가 놀란 눈으로 나를 지켜보았다. "어머, 가엾어라. 며칠 주린 사람 같아."

나는 웃고 말았다. 그녀는 아직도 나를 고기에 걸구 들린 사람으로 알고 있을 것이다.

왜 그랬을까? 그 비린 이미지를 떨쳐내려면 팔뚝을 걷어 채혈한 흔적을 보여주었으면 될 것을, 나는 굳이 그러고 싶지 않았다. 그러면서까지 그녀와의 관계를 지속할 마음이 사라지던 순간이었다. 그런 사이쯤이었다. 그날 그 시각에 입에 구겨 넣은 고기는 화장실에 가서 토해냈다. 토한 이물질 속에 M의 '어머, 가엾어라' 애잔해하던 목소리까지 꺼이 꺼이.

어렸을 때 여름이면 집에서 새끼 돼지를 통째로 삶아 대청마루에서 살을 발라냈다. 나는 구운 김하고 나물 한 접시를 들고 뒤란 평상에 가서 먹었다. 몇 시간 전까지 어미 젖꼭지를 빨고 있던 그 까만 돼지 새끼가 눈에 밟혔다. 그래서라기보다 번들거리는 돈피, 도마와 칼, 그것들이 지닌 원시적 풍경이 어린 계집아이를 뒷마당으로 도망가게 했을 것이다.

요즘 들어 식탁의 메뉴는 다시 간결해졌다. 우유 넣은 커피 한 잔, 사과 반쪽에 삶은 달걀이 전부다. 맛을 잃은 것 같다. 식탐도 길들이기 나름이다. 마음 먹기에 따라 굳은살 박인 매듭이 풀리기도 하고 더 단단해지기도 한다. 웬만해서는 흔들리지 않는다. 세상을 바라보는 시각 자체가 느슨해진 탓이다. 자책할 이유도 탄식할 까닭도 없다. 자연의 이치고 순리다.

어젯밤에 딸애가 "마셔요" 하고 드민 수박 주스가 그대로 다반 위에 놓여 있다. 화채 그릇에 담긴 그 오묘한 향이나 맛의 유혹은 노년을 흔들지 못한다.

대봉의 떫은 맛

「나이 듦을 서러워하지 마요」라는 신문 기사를 오려서 동창 모임에 들고 갔다. 목소리 예쁜 친구한테 건네니 좔좔 읽어준다.

"'(……) 무슨 말이냐 하면, 늙음, 주름살 같은 부정적 변화에 초연하라는 말이겠지요. 나이 먹어서 육체적인 쇠락이나 질병이 고역스럽긴 해도 나이 먹은 만큼의 경험적 연륜은, 다시 말해 살아가는 법을 지혜롭게 운용하는 방법입니다. 태어나서 젊음의 등마루를 거쳐 경사진 마루턱을 내려오는 과정이 인간에게 주어진 일생의 순서 아니겠어요?

그런 자연의 순환 법칙이 없었다면 아마도 이 세상은 약육강식의 비루한 피의 전투로 멸망하고 말았을 거예요. 태어남과 죽음은 가장 명백한 순환 논리이고 우주 만물을 영원 보존할 수 있는 진리입니다.' 우리 이야기야. 그치." 기사를 읽어준 동창이 조금 으스댄다.

모서리에 붙어 앉은 동창이 끼어든다. "이제 좀 가벼운 이야기를 해. 노인들끼리 모여 앉아 늙음 타령 하면 재미없어. 그냥 사뿐사뿐 속삭이고 사분사분 걷고, 조금 덜 먹으면 돼. 노인이 음식 욕심 부려서 좋을 게 없지."

그날 우리의 논조는 좀 무겁고 우울했다. 집에 오는 길에 슈퍼에 들러 대봉 몇 개를 사 들고 왔다. 아직 연시보다는 딱딱하고 그냥 먹기에는 떫은 대봉의 중년이 내 손 안에서 망가지려 하고 있었다. 손바닥으로 굴리자 부드러움으로 이완되는 느낌이 와 닿았다. 나는 한입 크게 깨물었다. 달고 텁텁하고 아린 맛이 목구멍 가득 차올랐다.

'아직은 아니야. 연시가 되려면 일주일은 더 기다려.' 대봉의 목소리가 귀를 간질였다. 나는 말 못 하는 대봉을 들고 중얼거렸다. 아직 삼키지 않은 대봉의 떫은맛을 음미하면서. "나도 그랬어. 젊지도 늙지도 않았던 그 중간쯤에서 너처럼 깨물렸던 거야. 내 인생인데 다른 이들이 내 삶의 터전에 짓밟고 들어와 많은 것을 요구했지. 나는 구도하는 수행자처럼 두 귀 막고 두 눈 감고 입 오므리고 방구석에 처박혀 살았어. 그게 삶이 아닌데, 다들 그렇게 사는 거라고 조언하는 말들이 문을 비틀고 들이치는 거 있지."

너무 오그리고 산 것 같다. 이래도 참고 저래도 참는 동안 미간에 가로질린 주름살 골이 깊어졌다. 하지만 누군들 그만한 굽이가 없었을까? 집집마다 방문 열어보면 숨겨둔 한숨 보따리 한두 개는 있지 않을까?

"너무 탓하지 말고 너무 속앓이하지 말고 주어진 만큼 살면 될 것 같아." 누가 누구에게 들으라고 한 말이 아니다. 내가 나를 타이르고 나를 부추기고 나를 평정하는 말이다. 그래서 평온의 나날이 가능한지도 모르겠다.

흔히 인생을 집짓기나 옷 만들기에 비유하곤 한다. 터를 고르고 기둥을 세우는 과정에서 그 규격과 균형을 엄중하게 다루어야 튼실한 가옥이 될 수 있다. 옷 만들기도 마찬가지 논리일 것이다. 원단을 고르고 마름질을 하고 한 땀 한 땀 실밥을 넣어 형태를 만든 다음 많은 과정을 거쳐 하나의 옷을 만들어낸다. 이 두 가지 작업에는 완결이라는 끝이 있다. 짓다가 중간에서 멈춘다면 아무것도 이룩할 수 없듯 인생살이도 그러하지 않을까?

늙음이 무슨 자랑이냐고

며칠 전 전동차 안에서였다. 붐비는 시간대가 아닌데도 빈 좌석은 없었다.

등짐을 지고 검은 비닐봉지를 두 개나 든 초로의 할머니가 우리 칸에 올랐다. 왕창 나이를 먹은 얼굴은 아니었다. 여기저기 두리번거리던 등짐 진 여인은 노약자석과 일반석 사이 공간에 퍼질러 앉았다. 자리가 빌 때마다 주섬주섬 짐을 챙겨 들고 방금 자리가 빈 쪽으로 달려갔지만 한발 늦었다. 바로 앞에 서 있던 중년 남자가 자리를 차지하고 앉았다. 스마트폰에 고개를 파묻고 있어 주변 사정에 무심한 듯

보였다. 허겁지겁 달려오는 여인을 보지 못했을 수도 있다.

한 정거장이 지나고 두 정거장이 지났지만 빈자리가 나올 때마다 재빠르게 차지하는 스마트폰 게임족들은 초로의 여인을 의식하지 않았다. 등짐 진 여인은 또 자리를 옮겼다. 노약자석에 빈자리가 생겼다. 급하게 달려가다가 휘청 발을 헛딛고 넘어지면서 검은 비닐봉지를 떨구었다. 봉지 안에서 쏟아져 나온 자잘한 알감자가 전동차 바닥을 온통 차지했다. 아마도 홍제 재래시장에서 싸고 다양한 물품들을 구입해 일산 어디쯤에서 소매를 하는 사람인 듯, 행색이 피로에 젖어 있었다. 바닥에 엎드려 자꾸 밀리는 감자 알갱이를 줍는 여인의 모습은 부산에서의 삶을 떠오르게 했다.

그 무렵 어머니는 삯바느질을 하셨다. 명절 전후로 옷 주문이 밀리면 밤을 새우는 일도 많았다. 내가 할 수 있는 일은 잔감자나 연근을 삶아 밤참을 준비하는 것이었다. 자잘한 감자는 물에 담가 찌면 맛이 덜하다. 삼발이를 올려놓고 찜솥에 삶아야 그나마 아릿한 매운맛이 덜했다. 하루는 소금을 깜박하고 간을 맞추지 못했다. 열심히 쪄서 들고 갔지만 어머니는 한입 베어 문 감자를 내려놓았다.

내가 자리에서 일어났다. 하차하기 한 정거장 전이었다.

그새 초로의 여인은 노약자석 한가운데에 앉아 꾸벅 졸고 있었다. 저만치 좌석 아래 알감자 몇 알이 나뒹굴었다. 내가 들고 있던 우산대로 그것들을 긁어모았다. 세 알이었다.

유독 노인 세대를 눈 밖으로 밀쳐낸다. 한국 사회만 그런 건 아니겠지만, 외국에 비해 노인을 보는 시선이 좀 더 까칠한 것 같다. 천대받는 노인. 그런 의구심이 든 건 어떤 작가의 한마디가 단초가 되었을 것이다.

몇 년 전 K씨가 한탄했다. "이러다가 소설가협회가 노인정이 될까 걱정입니다." 옆에 있던 나는 오금이 저렸다. 이제 노인 인구가 20퍼센트를 육박하는 게 현실이고 그 역시 노인정 갈 나이가 되었는데 어쩌란 말인가?

옛날이야기가 아니다. 현존하는 노인들이 겪은 근대사다. 지금의 노인 세대는 가난구덩이 속에서 살았다. 독서 부재가 어쨌다고? 독서는 강 건너 불같이 아득한 영혼의 웰빙이었다. 이웃 강대국들에게 경시받았던 그 굴욕의 세월을 극복한 당사자가 지금의 노인들이다. 대단하지 않은가? 70년이라는 짧은 시간의 층을 딛고 우뚝 일어설 수 있었던 저력, 한국인이 지닌 불가사의한 정신의 근육을 만들어낸 그들을 이 시대가 구석으로 밀쳐내는 건 불손이다.

내리막길

지하철 층계참 앞에서 잠시 망설인다. 엘리베이터는 8차선 대로 건너편에 있다. 양쪽 손에 든 가방 무게가 5킬로그램이 넘는 것 같다. 무리했다. 이웃들하고 어울려 간 마트에서 욕심 사납게 이것저것 챙겼다. 꼭 필요한 물건 말고도 A여사가 건강 챙기라면서 카트에 실어 담은 물건이 더 많다.

A여사는 면허증이 있는데도 마트에 갈 때는 차를 두고 간다. 두 손에 들 수 있을 만큼만 쇼핑한다는 그 똑떨어지는 자세가 존경스럽다. 하긴 우리 집 사람에게 부탁하면 자

동차로 짐을 나를 수 있지만 나 역시 두 손이 감당하는 무게 이상의 쇼핑은 삼가는 편이다.

"여든두 계단이네요. 다음부터는 좀 멀어도 건널목 건너서 승강기를 이용해요."

올라가는 계단보다 내려가는 계단이 무릎에 부담이 된다는 건 경험으로 알고 있다. 그런데도 성큼 계단에 한 층 한 층 발을 딛고 내려간다. 노인에게는 무리한 행보다. 두 팔이 늘어지도록 무거운 보퉁이를 던져버리고 싶다. 물론 급할 것은 없다. 오후 3시 이후는 집에서도 빈둥거린다. 텔레비전 앞에 멍하니 앉아 있느니 82층계 나들이가 운동을 겸한 쇼핑의 즐거움을 만끽할 수 있다.

나와 연령대가 비슷한 그녀는 세상 물정에 빠삭하다. 쇼핑 순서나 알뜰 쇼핑에 비상한 재능을 지녔다. 요즘 근처에 새로 들어선 대형 마트에 같이 갔을 때는 옷까지 구입했다. 할인 매장에서 9900원에 구입한 면 블라우스를 입고 동창들을 만났다. 친구가 젊어 보인다는 말끝에 "점점 하향 조정 되고 있네" 하며 입을 오므린다.

하향 조정이라는 말에 무슨 자존심 같은 걸 꺼내지는 않았다. 다만 그 말이 지닌 의미가 심장 깊숙이 박혀오긴 했다. 여든두 계단을 내려가는 내내 그 단어를 곱씹었을 것이다.

올라갈 때는 몸이 운동에 적응하는 가벼움을 느낀다. 굳이 계단의 수를 헤아리지 않는다. 나보다 한발 앞서 내려간 그녀가 "짐 받아줘요?" 묻는다.

"무말랭이는 괜히 샀나 봐요. 우리 마트에도 있는데."

내가 말을 받았다. "우리 마트에서 100그램 가격하고 여기 1킬로그램 가격이 거의 비슷하잖아요."

그녀의 화제는 원점으로 돌아간다. "내려가는 게 힘들죠? 올라갈 땐 몰랐는데. 무릎에 무리가 가해지는 것 같아요. 인생살이도 그렇지만요."

"그래요? 그렇죠. 우리 내려가고 있잖아요."

문득 친구가 했던 하향 조정이라는 말을 되뇐다. 젊은 날, 바람에 휘둘려 브랜드 옷을 선호했다. 먹는 것, 입는 것, 모든 주거 용품까지. 9900원 블라우스를 입고 동창 모임에 나갈 엄두는 내지 못했다. 하지만 내 인생이 하향 조정 된 게 아니라 내 의식이 그만큼 편안해졌다는 증거 아닐까. 이렇게 마무리했다. 여운이 아름답다.

조금 전 입 안에서 굴리던 하향 조정이니 뭐니 하던 군말을 씹어 뱉는다. 의미 없는 군소리였다. 그냥 마무리하는 시기라는 말이 옳다.

아파트 앞에서 헤어질 때 그녀를 불러 세운다. 마트에서 산 노란 생국화 세 묶음에서 한 묶음을 꺼내 건넨다. "잠자리에 들기 전에 한 잔 끓여 드세요. 편안해져요."

"아이, 마트에 갈 때마다 꼭 하나씩 주네요. 지난번엔 코코아 가루를 주시더니."

뭘 바라서가 아니다. 걸핏하면 현관 앞까지 찾아와 같이 쇼핑이나 가자고 허물없이 조르는 그 정겨움이 고마워서다. 그녀는 자연인이다. 작가도 아니고 내세울 가방끈도 없다고 처음부터 실토했다. "내가 한 가지 딱부러지게 잘하는 게 있어요. 고구마 줄기도 내 손으로 주무르면 둘이 먹다가 한 사람 죽어도 몰라요."

내리막길. 자연이 시키는 순리다. 산에 오르면 내려와야 하고 시작이 있으면 끝이 있어야 한다. 생의 끝자락에 이런 이웃을 만난 건 귀한 인연이다.

"감당할 만큼 사요. 난 5킬로그램 정도가 적당해요."

느지막이 만난 그녀는 내 일상의 길잡이 같다.

참새 방앗간

고속터미널에 입점한 문구점은 그 규모가 압도적이다. 교보문고도 만만찮은 규모를 자랑하지만 다양성으로 따지자면 단연 터미널 문구점이다. 나는 가끔, 아니 습관처럼 한 달에 한두 번 거기까지 산책을 빙자한 나들이를 간다. '도대체 이게 무슨 짓이람? 옷집이나 화장품 가게라면 몰라.' 피식 깨물리는 실소를 담은 채 아무것도 안 사고 빈손으로 나올 때도 있다. 문방구를 기웃거리는 초로의 여인. 나는 혼잣말로 중얼거린다. "병인지도 몰라. 사지 마. 이것도 있고 저것도 책상 서랍에 가득하잖아." 최근엔 천 원짜리 갱지 노트를 두 권 구입했다. 내가 차지한 안방은 어수선하다. 책상과 의자, 책장, 침대가 삼면을 채웠고 문구류를 보관하는 종이 상자가 침대 아래와 방의 빈 구석을 메웠다. 30년 지난 모나미 볼펜은 이제 심이 말라 글자도 써지지 않는다. 히드로 공항에서 구입한 투구를 쓰고 있는 삼총사 볼펜은 무겁고 투박하다. 딱히 글을 쓰기 위해 사 모으는 건 아닌 것 같다.

연필이나 종이 공책이 귀한 시대를 살아낸 사람의 결핍이다. 그런 시대에는 공책이나 연필만 귀했던 건 아니다. 생필품을 만들어내는 공장이 전쟁 비품 공장으로 바뀌고 학생들은 최소한의 도구로 공부 같지도 않은 공부를 했다.

내 책상 서랍에, 나무 필통에, 잡동사니 상자 속에도 일회용 노란 고무줄에 묶인 볼펜 무더기가 한가득이다. 외국을 여행할 때도 우선 문구류를 찾아 헤맨다.

집 근처에 거대한 쇼핑몰이 생겼다. '무인양품'이라는 점포가 내 관심에 들어온 건 문구류의 청결함이랄까 그 단정한 쓰임새에 매료된 까닭이다. 다작 작가도 아니면서, 컴퓨터로 쓰고 저장하고 소통하는 세상에 메모지나 노트나 수첩이 왜 필요한지 모른다. 그것들은 나름의 책무를 지닌 물건임에 틀림없다. 슈퍼에 들를 때마다, 오후 산책길에 매번 그 점포를 그냥 지나치지 못하는 것도 이런 사유 탓이다. 그 정갈한 배치를 보고 있으면 눈이 즐겁다. 좁쌀 알갱이보다 작은 기쁨. 참 딱하고 민망스럽다.

사 들고 온 것들을 책상 위에 놓고 볼펜의 촉이 잘 먹는 종이인지, 매끄러운 재질인지를 시험한다. 주방에서 반찬을 만들 때 기울이는 정성에 버금갈까마는, 그 소소한 기쁨이 나를 지탱하게 한다. 칠이 벗겨지고 네 다리가 기우뚱거리는 책상, 내 체구에 비해 너무 큰 의자지만 털퍼덕 주저앉으면 몸과 마음에 물렸던 재갈이 스륵 녹아내린다.

한량운

'한량운'. 재미로 보는 타로 카드 점괘에 나온 말이다.

생경한 그 단어에 나는 머쓱해서 물었다.

"한량? 나다니란 말인가요? 날라리? 백수건달?" 생각나는 대로 주워섬겼다.

카드를 펼치면서 그녀는 또 몇 장 뽑으라고 한다.

건강을 챙기는 일이 우선이고 하고 싶었던 일을 즐기면서 살라고 한다.

"건강이 무너지면 많은 것을 잃잖아요. 강단으로 버틴 거지 정말은 그리 강건한 체질도 아닌데요."

내가 물었다. "그런 말이 카드에 나왔어요?"

"가을 국화를 뽑으셨어요. 국화가 강인하고 버텨내는 꽃이지만, 꽃은 꽃일 뿐인걸요. 그동안 열심히 살았으니 좀 쉬었다 가세요."

"쉬었다가? 쉬었다가 갈 길이 있긴 해요?"

"욕심을 버리면 길이 보여요."

"아주 죽는 거군요?"

또 세 장을 뽑으라 한다.

"아직 멀었는데요."

카드를 모아 쥔 그녀가 눈인사를 보낸다.

3장

나를 키운 영혼의 거름

오간지 너울 같은 11월 햇살

그 일이 있기 전까지는 한낮의 쬐는 햇볕을 커튼으로 가리고 앉아 텔레비전을 봤다. 12시에서 1시 반까지가 점심시간이라 겨울 들어 이 시간대에 들어서면 동남 간방, 서쪽 통유리에도 햇볕이 들이친다.

정방형 아파트 두 면이 동쪽, 남쪽, 서쪽을 바라보게 설계되었다. 한겨울 낮에 보일러를 켜지 않아도 27도를 웃돈다. 사방에서 쏟아지는 햇볕 소나기로 텔레비전이라도 볼 작정이면 보안경을 쓰고 챙 달린 모자에 마스크까지 중무장한다. 햇볕 알레르기가 있어 나는 거의 온종일 안방에서 지낸다. 처음 이사를 왔을 때 광포한 햇볕 세례에 겁을 먹었다.

어느 날 택배를 받으려고 현관문을 여는 순간 책 꾸러미를 들고 있던 배달원이 으악 소스라치면서 엘리베이터를 두고 비상계단으로 달려갔다. 그날따라 내 분장이 좀 과도했던 것 같다. 칼날 같은 햇살이 거실을 난도질하고 있었다. 토란 껍질을 벗기느라고 거실에 앉았는데 이중 커튼 대신 얇은 프릴 커튼만으로는 쾌청한 가을 햇살을 막아내지 못했을 것이다. 화장실 거울에 떠 있는 나의 봉두난발을 우두커니 쳐다보았다. 유행이 지난 커다란 선글라스에 몇 년 전 김천 휴게소에서 산 밭일할 때 쓰는 가리개 모자, 그것만으로는 부족해 황사마스크로 포장한 내 얼굴은 완전 금고털이 깽판의 조무래기 같았다.

그때 나는 문득 개과천선하는 좀도둑처럼 결의를 다졌다. 얼굴에 뒤집어쓰고 있던 거추장스러운 가면을 하나씩 걷어내기 시작했다. 벗어낸 마스크와 보안경, 모자를 백화점 봉투에 담아 침대 아래 깊숙이 구겨 박았다. 세상에 못할 일이 있을까? 알레르기 따위, 딸기색 좁쌀 돌기들이 오소소 일어나는 피부는 쌀뜨물로 정성스레 씻으면 사라지는 것을, 한평생 붙안고 살았다.

짱짱한 볕살이 건져 올린 하나의 기억은 아직도 소름발을 일으킨다.

복날이었다. 동네 어른들이 누렁이를 나무에 매달고 몽둥이로 때려죽이는 걸 보았다. 덩치가 크고 인물이 좋았던 김씨네 누렁이는 나를 많이 따랐다. 겨우 누룽지 한 조각의 선심이었다. 누렁이가 긴 날숨과 침을 토해내고 축 늘어지던 그 시각 하지의 짱짱한 햇볕이 땅을 태우고 나무를 태우고 어린 계집아이의 마음을 쪼았다.

김씨네 집 대문 문지도리에 묶여 있던 누렁이. 길고 허술한 줄이었지만 누렁이는 그 둘레 밖을 나갈 엄두는 내지 못했다. 힘이 센 누렁이가 마음만 먹었다면 그까짓 새끼줄 물어뜯고 도망칠 수도 있었을 것을. 내가 풀어줄 수는 없었을까? 그렇게 당산머리 밤나무 가지에 네 다리를 묶고 떼죽음을 당할 줄 알았다면 헐거운 목줄을 풀어줄걸. 후회가 먼저였는지 반성이 먼저였는지 생각은 거기서 흐트러졌다.

나는 네발짐승의 고기를 먹지 않았다. 한여름 새끼 돼지를 통째로 삶아 대청마루에 식구들이 둘러앉아 포식하는 자리에서 나는 저만치 비껴 앉아 있었다. "경아는 고기 안 먹어." 그러면 누군가는 고기 안 먹으면 콩 각시 된다고 놀렸지만 나는 그 고기들에서 풍겨오는 누렁이 냄새를 서른 살까지 극복하지 못했다.

눈으로 보고 귀로 듣고 살갗으로 느낀 아픈 기억은 쉬이 지워지지 않는다. 그것이 지층처럼 굳어 한 인생의 정서에 대책 없는 구덩이를 만들었는지도 모른다. 배신이 두려워 혼자 사랑으로 가슴앓이를 하면서도 영원불멸의 사랑을 불신하는 회의적 사고의 근원도 구덩이 탓이다.

태우고 태우면서 성장한다는 것을 알면서도 다시는 그 불길 속에 나를 내던지고 싶지 않다.

하지 무렵이면 어김없이 발긋발긋한 딸기색 돌기들이 포진한다. 그 먼 기억들이 알알이 솟아난다. 네 발을 나무에 묶인 채 혀를 빼물고 죽은 누렁이의 멀건 눈시울. 날 좀 살려줘, 구경만 하고 있을 거야? 그 애절한 눈빛이 나의 붉은 돌기들에 불을 지른다.

남사마을 이야기

심부름 하나

1944년 9월, 우리는 남사마을의 집을 두고 삼장이라는 지리산 골짜기로 피난을 가야 했다. 아버지에게 날아온 징용의 붉은 딱지가 우리 식구를 길바닥으로 내몰았다. 삼장으로 가게 된 사유는 거기 고모네 산장이 있었기 때문이다. 일종의 향교로 해발 120미터쯤 되는 산자락 등성이에 되똑하니 올라앉은 기와집이었다. 『정약용의 여인들』을 쓸 때 두어 번 오르내렸던 다산초당하고 같은 규모의 서재. 살림살이엔 부적당한 집이었다.

삼장은 지리산 서사면에 있는 옹색한 초가집 마을이었다. 기와지붕을 인 산장은 방 한 칸 마루 한 칸, 부엌도 없고 통지도 층계 아래까지 내려가야 했다.

그해 사나운 태풍이 삼장마을을 강타했다. 그 와중에 서른 중반이었던 어머니는 임신 중이었다. 장마와 태풍이 휩쓸고 간 집에는 보리와 감자가 전부였다. 그래도 자연은 사람의 염원을 다독일 줄 알았던가. 보름 동안 물매질하던 바람과 빗줄기가 말끔하게 가셨다. 내일모레가 추석이었다.

"덕산 장에 가서 고기 한 근 사 와야겠다." 이른 아침부터 장에 가는 마을 어른들이 산장 아래 모였다. 어머니가 부른 배를 안고 내려가 길잡이 아저씨에게 나를 부탁했다. "덕산 정육에 데려다주시면 됩니다."

삼장에서 덕산까지는 왕복 5킬로미터가 넘었다. 마을 어른들 꽁무니에 매달려 덕산까지 졸랑졸랑 따라간 나는 고기 한 근을 사 들었다. 거기까지는 문제가 없었다.

"너 먼저 가거라. 우린 장 보고 늦을 기다. 그냥 신작로만 따라가면 된다. 알았제?" 일행의 우두머리인 이장 아저씨가 친절하게 가는 방향을 일러주었다.

방죽머리에 흐드러진 코스모스 옆에 아픈 다리를 펴고

앉았다. 열한 살 계집아이에게 고단한 행군이었던 모양. 내려 덮이는 눈시울을 치뜨면서 졸음기를 몰아냈다. '이제 가야지, 어머니가 기다리실 텐데.' 그럼에도 아주 잠깐 버드나무에 기댄 머리가 앞으로 푹 수그러졌다.

"하이고, 산장 집 애 아닌교?"

깜박 졸았다. 신문에 둘둘 싼 고기 뭉치는 꼭 안은 채. 장보러 갔던 일행 중에 여자들만 서둘러 집으로 가는 중이었다. 이장 할아버지와 대소쿠리 만드는 할아버지, 그리고 그 손주가 일행의 중심이었는데, 해장국에 술추렴이라도 할 작정인지 여자들만 먼저 가라고 몰아낸 모양이었다.

장마 끝이라 강물이 불어 있었다. 다리는 빗물에 쓸려가 넓적돌 징검다리를 건너야 했다. 돌과 돌 사이가 엄청 넓었다. 갈 때는 빈손이었고 배가 고프지 않았기에 촐싹거리며 넘었을 징검다리였지만, 오후 볕살에 시달린 계집아이의 나른한 정강이는 물살에 풍덩 떨어졌다.

"하이고 마!" 마을 아주머니들이 손을 잡아 끄당겨 올렸지만 고무신 한 짝은 멀리 떠내려가고 말았다. 계집아이가 고무신을 찾으러 냇물로 뛰어들었다. 물살에 떠밀려 저만치 떠내려가는 것을 젊은 새댁이 통을 질렀다. "얼라가 겁이 없네."

고기 심부름은 칭찬 반에 꾸중이 반이었다. "촐싹대다가 신을 잃은 거야."

고무신 한 켤레 값이 고기 한 근 값에 해당했던 시절이었다. 굽이치는 그 냇물에 둥실 떠내려가던 까만 고무신 한 짝은 삼장마을의 기억 속에 아직까지 남아 있다.

심부름 둘

삼장으로 피난 가기 전해니까 아마도 열 살 즈음이었을 것이다. 소남 고모가 명령을 보내왔다. "누룩 한 덩이 보내게. 보름이 서방님 기일이라 술을 빚어야 해."

소남을 거쳐 남사마을로 접어든 지리산 처사님이 고모가 준 쪽지만 건네주고 가버렸다.

어머니가 한숨을 내리쉬었다. "큰일 났다. 고모부님 기일이 이레도 안 남았는데 이리 촉박해서야. 오늘 당장 누룩을 보내야 하는데 우짤꼬."

홍이 언니(도우미)가 구시렁거렸다. "스님이 다른 데 들러 들러 오시느라고 늦었다 카이소."

기운 해거름이었다. 안마당에 그림자가 깊었다. 어머니

가 누룩 한 덩이를 한지에 포장해 무명 보자기에 둘둘 말았다. 홍이 언니가 바느질 함지에서 꺼낸 긴 바늘에 실을 꿰어 어머니에게 건네자 어머니가 누룩을 담은 무명 보자기 안쪽에 실밥을 떴다. 거죽에는 바느질 자국이 드러나지 않았다. 그것을 어머니가 내 허리에 묶었다. 홍이 언니가 작은 목소리로 말했다. "당산 지나기도 전에 해가 꼴깍 넘어갈 긴데 안 됩니더, 내일 아침에 칠성이 보내이소."

어머니가 고개를 저었다. "안 될 말이다. 여기저기 일본 순사가 진을 치고 있는데 칠성이 징용 잡혀가면 우짤 끼고? 누룩 들키면 징역 가는 기라."

어머니가 내 등을 중대문 밖으로 밀었다. 열 살 계집아이는 종종걸음으로 내달렸다. 소남리와 남사리를 가로막고 있는 밋밋한 산등성이를 사람들은 문둥이 골짜기라고 했다. 홍이 언니가 뒤따라 나오면서 속살거렸다. "문둥이가 얼라들 간을 빼 먹는다 카더라. 문둥이다 싶으면 죽기 살기로 내빼라. 잡히는 날엔 죽는 기라." 홍이 언니가 말하기 전부터 나는 소문으로 들어 이미 알고 있었다.

울울한 소나무 군락이 산자락 아래까지 이어져 있었다. 거길 지나가야 했다. 땀이 나서 고무신이 헐떡거렸다. 허리에 묶은 누룩 보자기가 출렁거려 걸음이 무거웠다. 그때 문득 생각 하나가 어린 계집아이의 발부리에 차였다. '내가 왜 누룩 심부름을? 언니도 있고, 홍이 언니도 있고, 사 오실 할머니(찬모)도 있는데?' 억울해서는 아니었다. 그냥 문둥이 소굴을 지나야 하는 공포가 오금을 당겼을 것이다.

겨우 문둥이 등성이를 넘자 문둥이보다 더 무서운 시퍼런 저수지가 입을 벌리고 있었다. 끝도 드넓은 저수지에는 저녁 바람이 술렁거렸다. 누구네 집 며느리가 열두 폭 치마를 들쓰고 빠져 죽었다는 저수지, 해마다 젊은 아녀자를 물속으로 유인한다는 저수지의 깊고 너른 고랑은 무심하게 펄럭거렸다. 비가 내리는 밤이면 소복 입은 여인네가 물위를 걸어 다니거나 날아다닌다는 섬뜩한 이야기가 동네방네 나돌았다.

계집애는 죽기 아니면 살기로 내달렸다. 그 긴 방죽을, 열한 살 계집애의 야윈 정강이가 자빠지고 엎어졌다.

소년 과수였던 소남 고모의 한마디가 우리 집을 메다치기도 했고 들어올리기도 했다. 고모는 1년의 반 넘게 우리 집 건넌방을 차지했다. 우리 자매는 부엌 마루방, 홍이 언니 잠자리에 곁다리로 끼어 잤다. 늘 좀 화가 나 있는 소남 고모는 집안 식구들을 볶아치는 일로 지루한 세월을 살아내는 듯했다. 하루 세끼 더운밥을 짓고 텃밭을 꾸려 야채로 마련한 밥상을 받으면 고모는 젓가락으로 무른 밥알을 들쑤셨다. “이게 죽이냐, 밥이냐?” 밥상 앞에 서 있던 어머니는 죄지은 사람처럼 어깨를 조아렸다.

점심상을 물린 후에는 한 아름 들고 온 일 보따리를 풀어 헤쳤다. “내가 깨끼적삼 하나로 3년을 입었네. 이거 보게. 겨드랑이 아래가 헤실거리는 거.” 그러면서 눈대중으로 잘라 온 안동포하고 모시 꾸러미를 어머니 앞에 던졌다. 딱 적삼 두 장이었다. “해마다 해달라고는 안 해.” 소남 고모가 미리 대청마루에 내놓은 싱거 미싱 앞에 어머니는 가만히 앉았다.

추석 전 고모가 앞세운 분의 기일을 며칠 남겨둔 즈음까지 고모는 어머니를 달달 볶아치면서 세끼 밥상하고 추석빔까지 해가지고 떠났다. 홍이 언니가 바득바득 이를 갈았다. “저런 성질 머리니까 고모부랑 양자 아들까지 앞세운 기라. 니들 어머니 시집살이 시킨 업보는 누가 당해낼지 무섭다.”

“홍이 언니야, 업보가 뭐꼬?” 물어보면 홍이 언니는 “쪼그매한 게 알고 싶은 것도 많네. 업보라 카문, 저거 봐라 너 그 고모가 업보 덩어리다" 했다.

누룩을 허리에 차고 대문을 들어서는 어린 질녀가 숨을 헐떡이는 걸 보면서도 고모는 "숨차게 뛰어온 게야" 한마디 안 했다. 대신 허리에 묶은 누룩 보자기를 풀어내면서 짜증을 부렸다. "누룩 한 덩이 보내면서 뭐 하러 이리 꿰맸는고?" 가위 가지고 오라며 서릿바람을 일으켰다.

내가 울컥한 건 가위 가져오라는 된 소리 때문이 아니었다. "경아, 9월 초하루가 너희 아버지 생일이다. 한 열흘 남았네. 여기 있다가 고모하고 같이 가자."

고모 곁에 마련해준 자리에 누웠다. 왜 자꾸 눈물이 흘렀는지 몰랐다. "경아, 니 우나?" 고모의 손이 내 눈자위를 쓸어내렸다.

계집아이가 이를 앙다물고 말했다. "저 낼 갈 겁니더."

갑자기 고모가 나를 돌려 눕히더니 가만히 끌어안았다. "경아야, 낼 찐쌀 해주께. 고모하고 참외밭에도 나가보자."

"저기예, 제가 없으면 심부름을 할 사람이 없어예. 낼 갈기라예."

벼락치기로 화를 낼 줄 알았다. 그런데 고모가 내 등을 토닥였다. “그래. 알았다.”

심부름 셋

산청, 남사마을 양반촌 들입에 소나무 한 그루가 서 있었다. 조금 들어가면 연일 정씨 고모네 서재가 있고 연이어 정씨네 문중 집들이 나란하게 들어앉았다.

고목나무가 서 있던 곳에 자리했던 최씨네 한옥은 집을 매도한 하씨 댁이 이사 가면서 집의 재목을 뜯어 갔다고 했다. 재목이 좋아서 토지만 팔고 건축 자재는 싣고 갔다는 후문을 들으면서 나는 불시에 가보고 싶었다. 여덟 살 나던 그해 가을 우리 집 장롱에 붉은 딱지가 붙었다. 붉은 딱지는 장롱에만 붙은 게 아니라 온 집 안 곳곳, 광, 간장독, 쌀독, 부친이 보물단지처럼 모셨던 이한응 대원군의 난초 그림, 어머니가 아끼는 호랑이 가죽 등등에 붙었다. 붉은색으로 도배된 집은 한순간 도깨비라도 나올 듯 무섭고 기괴했다.

아버지가 뿌리칠 수 없는 분의 빚보증을 선 것이 화근이었다. 어머니는 머슴 칠성이를 읍내로 내보내 비슷한 자물통을 사 오도록 했다. 장롱 속에는 안동포에 생명주, 모시

와 일본 비단 뉴똥이 무더기로 나왔다. 원단 그대로였다. 무명 보자기에 싼 그것이 제일 무거웠다. 그 무거운 덩이는 어머니가 치마를 걷고 허리띠로 묶었다. 해산할 때처럼 어머니는 갑자기 배불뚝이가 되었다. 머리에 이고 양손에 보자기를 든 어머니가 나를 깨웠다. "일어나라. 집구석이 풍비박산 지경인데 단잠이 웬 말이냐. 촛불 들고 앞장서거라." "바람이 촛불을 끄면 어떡해요."

어머니가 이고 있던 짐 보따리를 내려놓았다. 다락으로 올라간 어머니는 색 바랜 초롱을 들고 나왔다. 청사초롱은 삭고 나달거렸다. 어디서 그런 민첩함이 있었는지 내가 사랑으로 뛰어나가 한지 묶음을 들고 왔다. 아버지가 글씨를 쓰는 종이였다. 어머니가 낡은 청사초롱을 발라내고 한지를 발랐다. 하얀 종지에 들기름을 채우고 무명 심지에 불을 물렸다. 낡은 끈을 잘라내고 어머니 치마끈으로 개비한 호롱불은 튼실했다. 고모네 서재로 가는 골목길은 좁고 깊었다. 미리 손을 쓴 탓에 대문하고 짐을 숨겨둘 방의 문도 열려 있었다. 하룻밤에 두 번을 날랐고, 다음 날엔 세 번이나 날랐다. 건넌방에는 언니, 남동생, 홍이 언니가 자고 있었다. 잠이 깊어 어머니와 나의 기척을 눈치채지 못했을까? 알고도 모르는 체했는지는 알 수 없다. 하긴 칠성이가 홍이 언니 동생인데 왜 식구끼리 주인집 비밀을 이야기하지 않을까만. "홍이는 그런 사람 아니다." 어머니가 잘라 말했다.

서재는 물 밑처럼 적막했다. 낮이면 가끔 한복 입은 남자들이 바둑을 두거나 술추렴하는 걸 보았지만 늘 좀 음산하고 기괴했다.

집행 딱지를 떼던 날, 소남 고모가 건너왔다. 서재에 두었던 비단 보따리를 집으로 날랐다. 짐을 옮길 때처럼 내가 호롱불을 들었다. 소남 고모가 말했다. "네 언니는 찬 바람 마시면 콜록거리잖느냐."

내가 물었다. "홍이 언니는요."

소남 고모가 뜸 들이지 않고 "홍이는 잠이 많은 애라, 호롱불 들고 가면서 잠잘 끼라. 와? 억울하나?" 했다. 내가 도리질을 했다. "그런 건 아닙니더." 정말 그랬을까?

지금도 꿈속에서 좁고 깊은 골목 끄트머리에 서 있는 작은 계집아이, 호롱불을 높이 들고 자박자박 앞서 걸어가는 뒷모습이 환등처럼 어른댄다. 같은 자궁에서 배태, 세상에 내놓은 자식이라도 그 쓰임새가 다르다는 것을. 하지만 쓰임새하고 자정 나눔은 한결같지 않다는 것도 그 무렵 눈치 챈 사실이다. 그 어려운 시절 어머니는 어디서 어떻게 마련했는지 인삼에 도라지에 대추, 잣, 은행을 달여 1년 열두 달 언니에게 장복시켰다. 싫다는 언니를 안고 수저로 입에 넣어주던 어머니, 언니가 먹기 싫다고 남긴 걸 내게 주면 어머니는 손으로 털어냈다. "약은 나누어 먹는 거 아니다." 시간이 많이 흐른 뒤 알았다. 언니가 가슴을 앓았다는 것을.

하얀 신작로

신작로는 하얀 소금밭 같았다. 잘게 부순 흰 자갈로 다져진 바닥은 빗물에 씻기지 않았다. 하지의 볕살이 따가운 날이면 수천만 개 무지개가 신작로 바닥을 흐트러뜨렸다.

작은 도랑이 신작로와 우리 집 골목을 가로질러 흘렀다. 좁은 도랑가에는 물살에 쓸린 풀들이 밤낮없이 살랑거렸는데, 그 위로 널따란 바위가 턱 퍼질러 앉아 골목길 들락거리는 사람들을 가름하는 듯했다. 언젠가 큰 비가 온 다음날, 칼을 찬 일인 순사가 건널 바위에 서서 골목 안을 기웃댔다. 그 골목에는 최씨 댁과 하씨 댁을 가르는 높고 소슬한 돌담이 길게 이어졌는데, 그 좁고 외지고 소슬한 골목이 일인 순사들의 입맛을 다시게 했는지 모를 일이었다. 그날 순사가 신은 긴 가죽장화 위로 물살이 굽이쳤다. 건널 바위에 서 있다가 불시에 돌부리를 치고 달려든 물에 물벼락을 맞은 꼴이었다. 구경하고 서 있던 동네 조무래기들이 으악, 비명 아닌 환호를 지르다가 순사가 휘두르는 칼 빛을 맞고 도망쳤다.

학교 갈 나이인데도 몸이 약하다는 구실로 집에서 해롱거리며 놀던 계집아이는 그날도 어김없이 신작로 어귀에 쪼그리고 앉아 있었다. 바위에 부서진 하얀 물보라가 저만치 쪼그리고 앉은 계집아이의 머리카락 위로 사락사락 날아왔다. 어느 해 동짓날 아침, 살얼음이 얼기 시작한 도랑 한가운데서 퍼 올리는 물보라가 계집아이의 머리카락에 얼음 너울을 들씌웠다. 지나가던 홍이 어미가 소리를 질렀다. "에고, 아가야. 네 그러다가 얼어 죽을 기다." 솥뚜껑 같은 손으로 계집아이 머리에서 얼음 알갱이를 쓸어냈다.

날마다 계집아이는 작은 나무 판때기를 안고 와 골목 어귀에 앉았다. 단성에서 시작된 신작로가 덕산을 지나고 삼장을 지나 지리산을 넘어 전라도까지 계속된다는 이야기를 들었다. 학도병을 피해 우리 집 다락방에 숨어 있던 외삼촌이 해준 말이었다. "신작로는 왜놈들이 이 고장에서 나오는 곡물을 실어 가려고 계획했단다. 우리 농부들이 강제로 동원되어 길을 닦고 품을 팔아 만든 길이다."

계집아이가 물었다. "저 신작로가 단성을 지나고 진주를 거쳐 부산까지 가지예?"

"그럼, 경성까지 간다." 흰 종이에 지도를 그리고 연필로 신작로를 만들어 보여주었다. 연희대학교 역사학과에 다닌다는 외삼촌은 늘 두꺼운 책을 안고 살았다.

"전예, 부산까지 가면 됩니더. 우리 학생 고모가 부산에서 관부 연락선을 타고 갔다 아닙니꺼. 일본에 가서 고모를 찾을 기라예."

계집아이가 조잘거린 맹랑한 비밀은 외삼촌의 얄팍한 입술을 통해 어머니 귀청을 후볐다.

"뭐라? 홍이야, 실하고 바늘 가져와라. 이년의 조동아리를 기워야겠다."

며칠 동안 대문 밖 출입이 통제되었지만, 도둑 한 명을 열 명이 잡지 못한다는 말이 있듯이 계집아이의 신작로 나들이를 통제하는 눈길은 저만치 비껴가고 말았다. 한밤중에 나타난 아버지가 외삼촌을 데리고 우리 집 다락방에서 사라졌기 때문이다.

며칠 뒤 칼 찬 일인 순사 두 명이 우리 집 마당에 들이닥쳤다. 그 당시 공출로 모아둔 나락을 우리 집 네 개의 광에 보관했다가 커다란 트럭이 와서 실어 가곤 했다. 매년 강제 징벌한 놋그릇이나 공출이라는 미명하에 착취한 나락의 임시 보관소는 우리 집 광이었다. 신작로가 가까워서 이용했을 것이다.

"옛말에 뛰는 놈 위에 나는 놈 있다지." 우리 어머니가 그랬다. 광 가득 벼 가마니가 쌓이는 날 밤이면 어머니가 한밤중 호롱불을 들고 칠성이를 깨웠다. 광문의 한쪽 문지도리를 들어 올리면 틈새가 벌어졌다. 온종일 숫돌에 간 손삽은 날 벼린 칼처럼 반들거렸다. 날 벼린 손삽이 가마니 속으로 들어가 벼를 퍼냈다. 기척도 없고 손댄 흔적도 남지 않았다. 쥐새끼처럼 광 안으로 들어간 칠성이가 커다란 광목 자루에서 훑쳐낸 곡식은 우리 식구들은 물론이고 피난 온 큰댁 가마솥에까지 날아갔다.

보관한 나락을 트럭에 실어내던 날, 일인 순사가 눈을 번득거렸다. "왜 바닥에 나락이 떨어졌는가? 이상하지 않는가? 사람이 한 짓이 아니라면 어째서 탱탱하던 가마니가 홀쭉한가?" 으름장을 질렀다.

대청마루 끝에 선 어머니가 들고 있던 부채로 손바닥을 탁탁 내리쳤다. "홍이야, 그거 들고 와서 보여드려라." 항라치마에 하얀 갑사 저고리를 입고 비녀머리로 곱게 단장한 어머니는 일인들 앞에서 당당했다. 조선 여인의 기찬 기세에 눌린 일인 순사들은 잠시 어리바리 서 있었다.

홍이 언니가 소쿠리에 담아온 것들을 일인 순사들 앞에 내던졌다. 쌀에 버무려진 쥐새끼들이었다. 어머니는 며칠 밤낮을 새워 쌀을 축내는 한편 쥐잡기에 열불을 가리지 않았다.

가마니를 실어 나르는 내내 헐거워진 가마니 틈새로 쌀알이 살살 흘러내렸다. 어머니가 홍이 언니한테 말했다. "그 쌀 쓸어 담아서 주재소에 갖다줘라. 우린 그런 더러운 곡식은 안 먹는다 캐라."

그런 날에도 계집아이는 신작로 한가운데 서서 동에서 서로 서에서 동으로 내달리는 버스를 눈이 시릴 때까지 쳐다보았다.

좁쌀 알갱이보다 작은 것들

어린 주제에 자기만의 방이 가지고 싶어 언니하고 같이 쓰는 방에 커튼 비슷한 가리개를 만들어 걸었다. 어머니의 헌 치마의 주름을 뜯어내고 검정 고무줄을 넣어 윗목 귀퉁이를 막았다. “무슨 궁상바가지냐?” 어머니는 긴 부지깽이를 들고 와 겨우 엉군 가리개를 무참하게 뜯어 발겼다. “둘째 고모 판박이야.” 혼자 된 고모의 외로운 팔자를 답습할 징조라고 노골적으로 말했다.

책상 하나를 언니와 같이 써야 했다. 1946년의 서울은 가난 천국이 따로 없었다. 해방되던 해 지리산 자락에 살았던 우리는 빈손으로 야반도주했다. 살아남았다는 것만으로도 우리 가족은 감사해했다.

"살아 있으니까, 살아지면 돼." 아버지의 침통한 목소리에 물기가 어려 벅벅댔다.

어떻게 살아지는 건지. 지주였던 아버지나 안방마님이었던 어머니는 대책 없는 무능력자였다.

"그래도 살았으니, 고맙구나."

그러나 고맙다는 타령으로 생존이 해결되지는 않았다.

책상 반쪽에 금을 그어놓고 숙제를 했다. 공간 쟁탈전에서 계집아이는 스스로 밀려났다. 하나뿐인 밥상은 남동생 차지였고 결국 떠밀린 패자가 책을 읽을 공간은 차고 눅눅한 방바닥이었다.

땅바닥에 엎드려 배밀이로 기어가던 나장구의 모습이 겹쳐졌다.

"퍼뜩 도망 가이소. 빨갱이들이 횃불을 들고 떼거리로 몰려옵니다. 악질 지주를 쥑이라 안 캅니꺼."

나장구라는 이름 대신 왜 나장군으로 불렸는지 나는 모른다. 개 아범의 아들. 새벽 그림자로 남은 그 아이는 지금 어쩌면 정계 거물이 되었거나 극한 지역의 어느 산골에서 벌목 작업으로 피골이 상접해 있을지 모른다.

방구석을 가른 치마 가림막이나 책상 하나를 두고 침묵으로 고착되었던 어린 날의 결핍은 나장군의 새벽 그림자로 많이 옮어졌을 것이다.

"도망가이소. 당장 가란 말입니더." 헐떡거리는 심장에 두 손이 가지런히 얹혀 있었다.

정월 초하루 새벽, 어둠이 가시지 않은 사랑채 뜨락에서 나장구의 아비는 땅바닥에 엎드려 "어르신 새해 복 많이 받으시소이" 하고 넙죽 절을 올리고 있었다.

장지문이 열리고 보료 위에 앉아 세배를 받던 어른이 목소리를 깔았다. "안에 가서 떡국 먹고 가거라. 장구는 안 데리고 왔더냐?"

개 아범이 굽실거렸다. "죄송합니다. 장구란 놈이 기침을 해서리……."

어른이 한 번 더 물었다. "네 아들놈 이름이 뭐라? 나장구가 틀림없으라?"

개 아범 머리가 수없이 바닥을 치며 조아렸다. "나장구가 틀림없습지요. 동네 조무래기들이 입에 발린 말로 우리 장군, 하고 부르지만 나장구가 맞습지요."

닫아 붙인 장지문 뒤에 몸을 가리고 있던 계집아이가 살그머니 뒷문을 열고 나섰다. 활짝 열린 중대문 뒤에 서 있는 나장구가 들고 있던 곤봉 비슷하게 깎은 나무막대기로 허공을 후려쳤다.

살그머니 다가간 계집아이가 말했다. "춘데, 가서 떡국 먹어." 설날 새벽하늘에 입춘의 어스름이 스산했다.

"일 없다. 넌 저리 비켜."

그 어름에 비늘처럼 번들거리던 나장구의 눈빛이 해방되던 그해 가을 지리산을 타고 내려와 사랑방 장지문을 박살냈다.

"악질 지주 최○○ 나와라!"

새벽녘, 달려와 도망가라고 귀띔해준 나장구의 눈이 살기로 번들거렸다. 누구를 향한 살기였는지 알 수 없었다. 횃불로 둔갑한 곤봉이 안채 대청마루를 쾅쾅거리며 분탕질을 했다.

"모조리 죽여, 악질 지주 모가지를 비틀어."

무리를 헤치고 나온 나장구가 텃밭 구석 덤불에 가려진 낮은 개구멍으로 우리 식구들을 내보냈다.

"쉿, 단성 쪽이나 덕산 쪽은 안 됩니더. 소남으로 돌아서 나가소." 그리고 내 귀에 대고 작게 말했다. "입 다물어. 입 열면 니나 나나 작살나는 기라. 죽을 때꺼정. 알았제?"

나는 고개만 끄덕였다.

나장구가 무리를 돌아보고 말했다.

"미리 알고 도망친 기라. 그만 다른 데 가보자."

그러자 개 아범의 횃불이 어둠을 갈랐다. "장구야, 네놈이 틈을 열어준겨? 내가 모를 줄 알고?"

방바닥에 엎드려 숙제를 하면서도 내 귀청에 생생하게 감돌았던 한마디. "죽을 때까지 입 다물어. 알았제."

죽을 때가 되었는지, 그 이야기가 하고 싶어 몸이 근질거린다. 내가 처음 소설 공부를 할 때 쓰고 싶었던 것 하나가 바로 '새벽 그림자' 나장구 이야기였다. 나장구의 등을 타고 당산 머리를 기어올랐던 기억. 저 너머 그들이 왜 그리 나부댔는지, 그들이 왜 횃불을 들었는지 모르지 않는다.

나장군, 잘 살아.

구구단 외우기

일곱 살 계집아이는 몇 발자국 걷지 못하고 주저앉았다. 가느다란 정강이에 힘이 실리지 않았다. 양잿물에 삶아 간짓대에 걸어둔 무명 자투리(옛 여인들의 달거리를 받아내던 기저귀)처럼 배배 꼬였다고들 했다.

"저게 사람 구실이나 할까?" 그 이태 동안 하루 세 번 홍이 언니가 날라주는 쓰고 비리고 역한 약을 받아 마시면서 조금씩 밥술을 넘겼다. 나는 "학교가 가고 싶어" 하며 가방 들고 등교하는 언니 뒤를 따라붙었다.

홍이 언니가 내 앞을 막아섰다. "니 학교 가면 죽는 기라.

공분 안 하고 당산머리에 올라가 아주까리 따는 거 못 봤나? 교련인가 뭔가 구령에 발 맞춰가면서 운동장 스무 바퀴 도는 거 보면 넌 그 자리에서 나자빠질 기라."

그날은 비가 내렸다. "오늘은 교실에서 공부 할 거다. 한 번 구경이나 시켜줄게." 홍이 언니가 나를 업고 학교를 향했다. 당산머리에서 아주까리 따는 학생도 운동장에서 교련하는 학생들도 안 보였다. 홍이 언니가 학생들 책 읽는 소리가 들리는 복도에 나를 내려주었다. 산술 시간이었다. 학급 학생 모두가 한목소리로 구구단을 외우는 소리가 복도까지 흘러나왔다. 우리는 복도에 엎드려 소리만 들었다. 조금 있다가 한 사람씩 일어나서 구구단을 외웠고 조금 뒤 지적받은 학생이 일어나 5단이나 9단을 외웠다. 언니 차례가 되었다. 일본말로 "8 곱하기 9……" 하다가 머뭇거렸다. 홍이 언니가 얼른 나를 잡아끌고 복도를 나갔다.

"집에 가서 말하문 너 죽는다." 공갈로 내 입을 틀어막았다. 그날 저녁, 언니가 뒷간에 간 틈에 나는 책상 위에 있는 산술 책을 들춰 보았다. 저녁을 먹은 후 언니는 구구단을 외우느라 방문을 꼭꼭 닫았다. "아무도 얼씬거리지 마라." 언니의 명령은 어머니도 휘잡았다.

며칠 뒤 대청마루에 아버지 생신상이 차려졌다. 소남 고모와 몇몇 친척 어른들이 한자리에 모이는 날이었다. 그날 그 시각에 언니는 보이지 않았다. 축담에서 놀고 있던 내가 무슨 작심을 했던지 갑자기 구구단을 외우기 시작했다. 그것도 2단부터가 아니라 9단부터 좔좔 외워나갔다. 찬방에서 상차림을 하던 어머니가 주걱을 든 채 뛰어나왔다. "저런 야시 좀 보소. 지 언니 공부하는 걸 엿듣고 조잘거리는 거 보이소." 들고 있던 주걱이 냅다 내 머리통으로 날아왔다. 쪼그리고 앉아 혼자 공기놀이를 하던 나는 가만히 있었다. 그때 아버지가 말했다. "그게 뭐 어때서? 지 언니 공부하는 소리 듣고 어린것이 구구단을 외웠기로 야시라는 생각은 금시초문이구려."

소남 고모가 한술 보탰다. "몸이 골골해서 그렇지, 야야, 여기 와서 이거 받아먹어. 약한 애한테 풀만 먹이지 말고 실한 걸 챙겨 먹이게."

"앤 비위가 약해서 고기 못 먹어요."

어머니가 찬방에 들어가고 난 뒤 아버지가 고모한테 하는 말을 들었다. "계모한테 받은 학대를 경아한테 고스란히 쏟아내는 거요. 지난여름, 호열자로 사람들이 죽어나갈 때 우리 셋째도 보내지 않았소. 그때 경아도 지 동생하고 같이 병을 앓았는데, 저 사람이 글씨 경아를 머슴방 냉돌에 내려 보낸 거요. 요때기도 없이 작은 포대기 한 장으로……."

밥상을 들고 나오는 어머니 기척에 두 사람은 입을 다물었다.

그때 나는 깨달았다. 어머니가 세 살 때 생모를 보내고 야멸찬 계모에게서 당한 것을 나한테 내리 퍼부은 것을. 내가 살아남을 수 있는 길은 한참 바보가 되는 것밖에 없다는 것을. 언니 앞에서 구구단 같은 걸 외워서는 안 되었고, 설빔이나 추석빔도 언니에게서 물려받은 것으로 고개 끄덕여야 한다고. 공부 같은 건 할 필요 없었다. 필기장도 없었다. 수업 시간에 중요한 부분은 책 가에 메모했다. 시험공부를 해본 적도 없다. 중고등학교 6년 동안 학급에서 꼴찌 부대를 면하지 못한 건 굳이 상승할 필요를 느끼지 않았기 때문이다. 내가 최고의 가치로 보듬고 살았던 단 한 가지는 '어머니를 거슬리게 말자'였다. 그래야 내 마음이 편했다.

어리바리, 어정쩡하게, 구겨진 몰골로 그렇게 유년과 청년기의 길고 어두운 터널을 지나왔다. 1995년 신문사 공모전에서 상을 받고, 어머니 용돈을 준비해서 갔을 때 어머니의 방은 비어 있었다.

도우미 아줌마에게 물었다. "우리 어머니 어디 가셨어요?"

아줌마가 희미하게 웃었다. "지연 엄마(나) 온다는 전화 받으시더니 곧장 나가시더라고요."

기억을 소환한 장소

어제 효창역 5번 출구를 오르면서 불시에 그때 그 기억이 선명하게 되살아났다. 무의식적으로 손이 머플러를 끼당겨 코를 막았다. 70여 년 전 몸에 밴 암모니아 냄새, 아직도 내 살갗 속에 옹이 틀고 있는 악취를 발라내고 싶은 손짓이었을 것이다.

1950년 가을, 미처 피난길에 오르지 못한 가가호호를 방문한 인민위원장이 누구누구라는 이름을 호명했다. 10시까지 동회로 집합하라는 엄명이었다. 나는 내 이름이 아닌 다른 이의 이름표를 달고 동회로 나갔다. 40~50명쯤 되는 사람들이 웅성거리며 서 있었다. 그중에 열다섯 살 작은 체구를 한 내 또래는 보이지 않았다. 완장을 단 붉은 세포들이 다시 이름표가 적힌 종이를 들고 다니면서 이름과 나이를 대조하면서 확인 절차를 거쳤다. "네가 최○○이냐?" 나는 대번에 고개를 끄덕이면서 "그럼요" 하고 강하게 반응했다. 시간이 되자 그들은 모인 사람들을 트럭에 태웠다. 어디 가느냐고 아무도 묻지 않았다. 질문이 통용되던 시대가 아니었다.

트럭에서 내린 곳은 숙명대학교 근처 효창공원이었다. 이미 천여 명이 넘는 사람들이 줄을 서서 대기하고 있었다. 줄과 줄 사이에 동대문구 이문동, 서대문구 아현동, 낱낱이 기명된 막대 표시판 앞으로 사람들이 질서 있게 섰다. 그러나 입을 다문 표정은 두려움과 불안으로 덜덜거렸다. 나는 두 팔로 가슴을 안고 떨었다. 한여름인데도 온몸에 소름발이 일었다. 트럭에 실려 가야 하는 막장, 그곳이 어떤지 상상하는 것만으로도 두려웠다. 마지막이 될지도 몰랐다. 그들에게 끌려 여기까지 왔지만, 북으로 갈지 안 갈지는 내가 스스로 결정해야 했다. 그때 하나의 생각이 머릿속에서 깃대를 휘둘렀다. "숨어, 냉큼 숨으라고."

나는 죽을 각오로 완장을 찬 남자에게 다가갔다. 배를 움켜쥐고 쪼그리고 앉았다. 당황해하는 남자가 완장을 두른 여맹위원장에게 가서 속닥거렸다. 여맹위원장이 내 앞에 와서 버티고 섰다. "왜 갑자기 배가 아픈데? 너 달거리하냐?" 내가 배를 움켜쥔 채 말했다. "설사도 하고 달거리도 해요." 벅벅대는 목소리가 목구멍 속으로 기어들었다. 여맹위원장이 내 말을 확인할 작정인지 나를 대열에서 내친 뒤 "이리 와봐" 명령했다. 나는 그때 깨달았다. 살고 죽는 것, 행과 불행의 경계는 반드시 당면한 사람의 운에 달렸다는 것을. 소남 고모에게서 귀에 딱지가 앉도록 들었던 운명이라는 것을 감지한 순간이었다.

우리 대열을 태울 트럭이 바짝 다가오고 있었다. 완장 찬 남자 당원이 내 팔을 잡고 있는 여맹위원장을 보고 "동무 이리 와보시기요" 하고 불렀다.

여맹위원장의 손이 내 팔죽지를 풀었다. 나는 기어드는 몸짓으로 트럭 뒤를 돌았다. 아무도 조그마한 계집아이에게 눈길을 주지 않았다. 산자락에 임시로 갈대발 화장실이 세 동 세워져 있었다. 나는 배를 움켜쥔 채 땅강아지처럼 걸어 가설 화장실 세 동 중 맨 뒤에 있는 갈대발 가리개를 걷고 들어갔다. 커다란 구덩이 위로 나의 두 다리로는 버티기 어려운 변기의 아가리가 쩍 벌어져 있었다. 자칫 헛발이라도 디디면 구덩이 속으로 빠지기 십상이었다. 나는 구석지로 몸을 몰아 쪼그리고 앉아 갈대발을 움켜쥐었다. 죽기 아니면 살기였다.

이윽고 사람들을 실은 트럭이 너른 운동장을 가로질러 빠져나가기 시작했다. 마침내 우리 동네 성북구 돈암동 사람들을 실은 트럭이 천천히 전진했다. 딱 절반이었다. 절로 한숨이 터져 나왔다. 그때 두어 명의 남성이 화장실로 뛰어오는 게 보였다. 나는 문고리를 힘껏 잡아당겼다. 다행히 무사통과. 어느새 운동장은 한 명도 없이 텅 비었다. 밀물처럼 빠져나갔다. 그들을 실은 트럭이 어디로 갈지는 명확했다. 깃발을 흔들고 완장을 찬 그들에게 그 많은 사람 중 누구 하나도 질문하지 않았다. "우리 어디로 데려가는 겁니까? 몸이 아픈 노모가 혼자 집에 있단 말입니다." 침묵은 살벌했다. 누구도 입을 열지 않았고 누구도 눈을 맞추지 않았다. 다만 명령만 있을 뿐이었다.

나는 10여 분 더 기다렸다. 찾으러 올지도 몰랐다. 8월의 해가 150도 넘게 기울어져 있었다. 한결 엷어진 햇살을 등지고 나는 그곳을 천천히 나섰다. 코끝이 아렸다. 얼마나 손바닥으로 막았던지 코가 납작코로 주저앉을지도 모른다는 걱정에 그 와중에도 피식 웃음을 깨물었다.

효창동 공원에서 집이 있는 돈암동까지 타박타박 걸었다. 내가 의용군 트럭에 자의든 타의든 배제된 까닭을 생각하게 만든 먼 귀갓길이었다. 콩 각시처럼 작고 야무지게 생긴 여맹위원장이 나를 챙기지 못한 것은 과중한 업무 때문이었을까, 아프다고 주리를 틀었던 쪼그만 계집아이가 애국 전선에서 한몫을 할지에 대한 의구심이 만들어낸 빈틈이었을까?

마침 저녁 밥상이 차려져 있었다. 내 수저는 놓여 있지 않았다. 나는 "손 씻고요" 하고는 마당에 있는 펌프로 가서 물을 퍼 올렸다. 콸콸 쏟아진 물이 커다란 함지박을 가득 채우고 세숫대야에 넘쳐 8월 노을에 벌겋게 달아오른 마당을 질펀하게 적셨다.

불편한 속삭임

마산과 부산 사이의 간이역, 군복. 나의 외갓집이 있는 군복의 여름은 더웠다.

부산에서 맞이한 첫 여름방학이었다. 네 살 아래 남동생과 나는 군복역에 짐짝처럼 내려졌다. 어머니의 유일한 핏줄인 큰 외삼촌을 찾아 마루보시라고 불리던, 아직도 일제 잔재를 붙안고 있는 작은 사무실로 찾아갔다.

"아이고, 너들 왔나?"

뼈 없는 호인, 전신이 연골로 만들어진 듯 착하고 유약해 보이는 외삼촌은 우리를 외가에 데려다주고는 쏜살같이 사라졌다. 외숙모가 대문을 밀치고 나가 외삼촌의 뒤통수를 향해 화통을 질렀다. 대청마루에 서 있던 외할머니는 땡볕 마당에 서 있는 우리를 두고 대문 앞에서 악바리 치는 큰며느리의 넋두리에 입꼬리를 다물었다. 전실 아들 내외의 불화를 동네 불구경하듯 외면했다.

깡다구처럼 마른 외숙모의 창백한 얼굴은 해골 같았다. 그 해골 같은 얼굴로 밤낮없이 쪼아내는 바가지를 견딜 사람이 있을까? 차라리 밖으로 나돈다는 외삼촌이 가여웠다.

그때 둘째 외숙모가 나와서 우리 남매를 마루로 데리고 갔다. "여름 손님이라니?"

우리 남매를 덧정 없는 친정에 보낸 건 피난살이에 입이라도 덜자는 어머니의 궁여지책이었을까? 그것만이 전부는 아니었을 것이다. 삶이라는 무거운 짐에 두 팔과 두 다리를 묶여 살았던 어머니가 한 번이라도 친모의 기일에 참석할 수 있었을까? 마침 방학이었고 가까운 거리여서 어린 자식들을 친모의 기일에 맞추어 보냈을 것이다. 바로 그날이 어머니의 생모가 세상을 떠난 기일이었다. 기왕 간 김에 개학할 때까지 있으려 했지만, 내 오기의 잘못으로 사흘 만에 우리 남매는 쫓겨났다. 내 일기장이 화근이었다.

이른 저녁 후 우리 남매는 개구리 소리를 따라 밤 산책을 나갔다. 군복은 기복 없이 편편한 구릉지였다. 산도 멀고 강도 멀었다. 사방이 논밭이었고 그 가운데 모인 촌락이 옹기종기 논과 논 사이를 갈랐다. 우리는 논두렁길을 걸었다. 개구리가 그악스럽게 울었다. 개똥벌레가 검은 논바닥을 훑치며 날았다. 그렇게 더위를 식히고 대문을 들어선 나는 우리가 거처하는 사랑채 책상에 앉아 있는 어머니의 배다른 동생인 작은 외삼촌을 보았다. 얼굴이 얼음장 같았다. 작은 외삼촌이 나를 불렀다.

"너 이리 와." 그가 들고 있던 내 일기장으로 책상을 탁탁 내려쳤다. "종아리 걷어."

회초리가 내 정강이를 후려치는 와중에 잘못했다고 용서를 빌라는 그의 말에 나는 입을 다물고 버텼다. 회초리의 속도와 깊이가 더 날쌔졌다. 그가 내 일기장을 북북 찢었다. 내 안의 내가 비웃었다. '당신이 교육자야?' 그는 고등학교 영어 교사로 근무 중이었다. '쪼다 교육자네.' 내가 할 수 있는 최악의 욕설이었다. '좀생이 같은 인간!'

빗금 쳐진 종아리를 씻어야 했는데, 우물은 안채 부엌 옆에 있었다. 그 근처로 가고 싶지 않았다. 종아리에 맺힌 빗금을 씻지 못한 채 수십 년이 흘렀다.

화근이 된 일기장 내용은 그랬다.

> 외할머니 제사는 초라하다. 우리 큰댁 제사에 비하면 하늘과 땅 차이만큼이나 그 격식이나 엄숙함이 너덜거린다. 제를 올리기도 전에 막내 이모가 생선전을 살금살금 집어 먹는다. 그럼에도 누구 한 사람 제지하지 않는다. 전처 딸의 자녀들이 지켜보고 있는데도 어머니의 계모는 자신의 친딸이 저지르는 무례를 지그시 쳐다보기만 한다.

작은 외삼촌은 왜 그토록 화가 났을까? 계모라는 호칭이 그의 가슴에 불을 질렀을까? 열여섯 살의 감성은 지나치게 건조하고 사실적인 데 비해 두 배 넘게 산 교사인 외삼촌의 정서는 원초적인 범주에서 들끓었다. 회초리를 들기 전에 한번은 숙고했어야 하지 않았을까? 배다른 누이의 자식들에게 매질을 하고 불볕 짱짱한 열기 속으로 내몰기 전에 말이다. 그들은 그렇게 너와 나의 피를 갈랐다.

우리 남매는 다음 날 아침, "너희들 가거라" 하는 계모 외할머니의 내침을 받고 대문을 나섰다. 순간 나는 내 허벅지 안쪽을 적시는 섬뜩한 기척을 느꼈다. 걸을 수가 없었다. 한 발자국도 움직일 수 없었다. 대청마루에 서 있는 청대 같은 여인의 서릿빛 눈길을 피해 나는 얼른 담 모퉁이를 돌았다. 명색 외갓집 앞에서 열여섯의 소녀는 돌아서서 생애 처음으로 길을 튼 생리를 처리해야 했다. 스무 날 묵을 예정이어서 여벌의 속옷이 있긴 했다. 아름드리 느티나무 뒤로 돌아가 응급 처치를 했다. 네 살 아래 남동생이 "빨리 해, 사람들 오잖아" 목소리를 질렀다.

하지의 땡볕이 정수리 위에서 자글거렸다. 기차역으로 가는 희고 가느다란 논두렁길, 남매는 앞서거니 뒤서거니 쪼작거리며 걸었다. "누나, 뛰어가. 기차 놓쳐." 동생이 재촉했다. 나는 뛸 수가 없었다. 오므린 허벅지가 만들어낸 보폭은 겨우 30센티미터 정도나 됐을까. 다행히 기차는 탈 수 있었다. 마산을 거쳐 부산까지, 나는 빈 좌석이 있어도 앉지 않았다. 앉으면 질펀하게 번질지도 모를 선홍빛 두려움이 정강이에 힘을 실었다. 눈시울을 적신 건 눈물이 아니었다. 슬퍼한다거나 짜증내는 건 주어진 것에 대한 앙탈일 뿐이다. 정작 피할 수 없는 구덩이라면 그냥 잠자코 건너가야 할 것. 열여섯의 서투름이 만들어준 깨달음이었다.

1952년의 한국에는 여자아이를 위한 것이 아무것도 없었다.

밤인데도 부산의 역전거리는 너무 밝았다. '기다리면 어둠이 가려주겠지.' 하지만 소녀의 선혈을 가려줄 어둠은 오지 않았다. 그때 '초량약방'이라는 간판이 보였다. 거기서 탈지면 한 봉지를 구입했다. 미군 피엑스에서 나온 가제나 아스피린 등의 약이 수북했다. 부대에서 일하는 한국 종업원들이 챙겨 나온 물건들이었다. 그 당시 우리 공장에서 만들어내는 물건은 없었다. 미군들이 풀어내는 분유가 국제시장 가게 선반에 진열되기도 했다. 탈지면으로 위기를 수습한 나는 한결 걸음걸이가 편했다.

직진 보행. 그때 내가 깨달은 진리다. 자신의 문제는 스스로 해결할 것. 오로지 직진만이 내가 도달해야 할 지점이라는 것을. 집에 도착해서도 나는 아무 말 안 했다. 동생이 단편적으로 작은 외삼촌의 폭주를 발설했다. 우리 가족이 붙안고 사는 지혜랄까 버티는 방법이 있다면, 말을 아낀다는 것이다. 철없는 자녀들을 끼고 앉아 세상을 향한 불평이나 부정적인 넋두리를 하지 않았다.

동생이 한마디를 툭 던졌다. "외갓집은 다신 안 갈래요."

어머니가 동생의 말을 받았다. "그래, 다신 너들 보내지 않을게."

대청마루에 버티고 서 있던 계모 외할머니. 누가 나이 많은 남자의 재취를 강제했을까? 하지만 노인의 일그러진 얼굴, 슬픈 눈매는 내 기억 속에 탄피처럼 남아 오랫동안 욱신거렸다.

아웃사이더의 운명

첫째 딸은 살림 밑천으로 첫째 아들은 가계 이음줄의 장본이기에 태어날 때부터 상하좌우 가리지 않고 귀하게 받든다.

오래전 내가 분에 넘치는 문학상을 받았을 때 이야기다. 상금의 한쪽을 떼어 어머니를 찾아갔다. 그 당시 어머니는 맏아들인 남동생의 대치동 아파트에 살고 계셨다. 시상식 일주일 뒤였을 것이다. 어머니는 문학상 따위 아는 체도 안 하셨다.

나는 출간된 책을 들고 갔다. "운이 좋았어요." 아마 그런 비슷한 말을 하면서 쑥스럽게 웃었을 것이다.

어머니의 미간이 퍼렇게 곤두섰다. "어쩌자고 네가 긴 치마를 입고 설레발을 치는 게냐? 네 동생 사업이 어려운 마당에……."

나는 조금 울컥했다. 핸드백을 들고 화장실로 갔다. 봉투에 넣은 돈의 절반을 덜어냈다. 그런 옹졸함도 내림인지 모른다면서.

그런 비슷한 일은 또 있었다. 나는 중고등학교와 대학을 언니와 같은 곳으로 진학했다.

언니는 동생인 나를 늘 조금 창피해했다. "오종종해가지고는 왜 따라다녀." 언니의 푸념이었다. 중학교 2학년, 부산에서 셋방살이를 할 때였다. 어머니가 억울한 말을 들었다. 언니의 생각과 내 생각이 달랐다.

부당함을 안고 살아야 한다는 언니의 조언에 비해 나는 매몰차게 응대했다. "왜 그런 말을 들으면서 살아야 해요? 가출을 하든 자살 소동을 일으키든 대판 언쟁을 벌이든 자신을 비호할 의지가 왜 없어요?"

억울한 누명을 뒤집어쓰고도 참고 살아야 한다는 말에 나는 반박했다. 바락바락 대들었을 것이다. 그 후 어머니는 내 눈을 절대로 쳐다보지 않았다. 어머니와 둘째 딸 사이에는 건널 수 없는 흙탕물이 흘렀다. 그건 수렁이거나 사막이었다.

자신감은 유년기 부모가 건네는 한두 마디 칭찬에서 비롯되는 지렛대 아닐까? 그래서인지 나는 늘 한구석 아이로 자랐다. 내 마음의 평정심을 유지하기 위해 연출했던 바보스러움, 얼뜨기, 허술한 언변과 행동은 보호막이 되어주었다. 나는 발끈하는 성격이긴 하지만 화를 길게 담아두지 않는다. 속앓이는 자신을 망가뜨리는 독소라는 걸 어릴 때 깨달았기 때문이다.

아름답지 않은 기억을 가슴에 가둔 채 남은 세월을 구기고 싶지 않다. 이제 대충 쓸어냈다. 오랫동안 내장에서 들끓었던 부정적인 사고의 근원을 잘라내고 태워버렸다. 그랬음에도 지상에서 사라진 그 잔상들은 시도 때도 없이 출몰한다. 한밤중 불시에 떠진 눈앞에 허연 버캐를 깨물고 서 있는 마성의 환신들. 부디 평안하소서.

경모제 敬慕濟

망임은 사천과 충무의 딱 중간에 위치한 최씨 집성촌이다. 지난봄, 마지막이지 싶어 혼자 걸음으로 나섰다. 사천행 비행기를 한 번 이용했는데 공항에서 망임까지의 교통수단이 원활하지 못했다. 다행히 경전선이 케이티엑스로 승격하여 진주까지 네 시간으로 단축되었다.

어머니의 유언에도 불구하고 아버지와 합장을 한 후에 처음 걸음이다. 어머니와 딸, 그 사이를 가로막았던 불효라는 불명예를 해명하기 위해 구차한 변명을 할 생각은 없다.

진주역에서 내려 진주 할머니(아버지가 노년에 동거한 여인)를 만나 법혜사로 갔다. 법혜사는 출가한 소남 고모를 위해 아버지가 공양한 절이다. 덕광 스님(소남 고모의 법명)이 죽은 후 아버지가 조계사에 종속시킨 문제로 비구니 스님의 공세를 내가 받아내야 했지만, 그래도 소남 고모의 마지막을 보살펴준 스님이었다. 스님들이 반겨주거나 말거나 나는 나대로 불전을 올리고 법혜사에서 하룻밤을 지냈다. 스님의 소개로 강주연 씨를 만나 그녀의 승용차로 망임까지 갈 수 있었다. 주연 씨의 따스하고 씩씩한 배려에 힘입어 충무의 해안도로를 만끽했다.

대문 머리에 경모제 현판이 걸려 있었다. 가로 50센티미터, 세로 25센티미터의 자작나무에 아버지의 친필 예서로 음각한 수제 현판이었다. 남사마을 사랑채에는 늘 수묵 향이 감돌았다. 아버지는 진주에 다녀올 때마다 전쟁 중에 구하기 어려웠던 한지 한 묶음만 들고 오셨다. 아버지의 손을 바라기 하고 서 있던 가족들의 안타까운 눈빛을 뒤로 하고 사랑방에 들어가 문을 닫으시는 그 모습이 생생하다.

그날도 아버지는 한지를 포장해온 신문지를 방바닥에 펴놓고 손다림질을 하셨다. 무명 포대기를 판판하게 깐 방바닥에 엎드려 신문지에 붓글씨를 쓰고 있을 때였다. 머슴 칠성이가 헐떡거리며 달려왔다. "속히 피하이소. 야마구찌 순사가 쳐들어오고 있어예."

아버지는 입은 옷 그대로 뒷문 대밭으로 몸을 날려 떠나셨다. 칠성이가 먹물이 마르지 않은 신문지를 바락바락 찢었다. 일인 순사 야마구찌가 구둣발로 방에 들어와 살폈다. 경탁 위에 놓인 벼루와 젖은 붓, 먹물이 번진 신문지 쪼가리들을 펴보더니 으름장을 질렀다. "여기 흔적이 남았는데 어디 도망쳤는가?"

안채에 다녀온 칠성이가 겁먹은 채 기웃거리고 있는 우리를 내쫓은 후 흰 명주 손수건에 싼 무엇인가를 야마구찌의 군복 주머니에 넣어주었다. 어머니의 낭자머리에 꽂고 있던 금비녀와 금쌍가락지라고 흥이 언니가 속살거렸다. "염병할 놈들, 심심하면 와서 분탕질을 친다니까. 급살 맞아 죽을 놈들."

경모제 앞에서 나는 한참 서 있었다. 아버지의 마지막 공사였다. 1970년대 중반 아버지는 있는 돈을 긁어모아 경모제를 재건했다. 큰댁 어른이 짊어진 빚에 통째로 넘긴 고택과 선산 10만여 평을 사들였다. 나의 등단 소설의 주제가 바로 이 경모제였다. 딸은 남편의 학위에 드는 비용을 빌려 달라고 아버지에게 갔다. 대들보가 올라가고 있는 현장이었다. 아버지는 단칼에 거절했다.

옛날에 하신 말씀을 되작였다. "널 대학에 보낼 때 내가 말했지. 앞으로는 부부가 같이 벌어야 하고, 남편이 공부하면 취직해서 내조해야 한다고. 그랬는데 집구석에서 애들 핑계대고 빈둥거리면서 아비한테 돈 구걸하러 왔느냐?" 따가운 내침에 나는 돌아서야 했다. 취직을 못 하겠으면 동대문 시장에 나가 콩나물이라도 팔라는 야박한 내침이었다.

딸은 구시렁거렸다. "아버지, 경모제 재건은 순전히 허영이잖아요. 요즘 세상에 그 돈이면 강남 아파트 다섯 채는 사고도 남을 텐데, 구닥다리 귀신 집은 뭐 하러 짓는대요? 순전히 객기시잖아요."

아버지는 우리 가족이 외국에 가 산 지 1년이 넘었을 때 돌아가셨다. 딸이 출간한 책은 한 권도 읽지 못하셨을 것이다. 나는 책 세 권을 포장해 아버지의 진주 주소를 적고 우체국까지 갔더랬다. 우체국 앞에서 왜 뒤돌아섰을까? "겨우 이 따위 잡문이나 쓰자고? 이게 소설이라는 거냐? 그 좋은 직장 걷어차고 나와서 매달린 게 고작 이거더냐? 네가 미치지 않고서야……." 아버지의 녹슨 쇳소리가 귀청을 짱짱 찢었다.

소설 쓰기에 대해 아버지의 의식에 각인된 인식은 '미친 짓'이었고, 못된 딸년의 의식에 똬리 친 경모제 재건은 몰락한 핏줄의 영광을 재현하고자 하는 '당신의 허영기'였다. 그러나 그 두 개의 행위에 뿌리내린 옹이는 똑같이 '광기' 아니었을까? 파스칼의 말처럼 사람들은 필연적으로 미쳐 있다. 그래서 미치지 않은 것도 다른 형태의 광기라는 점에서 미친 것과 같다. 누군가는 에너지라고 했고 누군가는 집착이거나 열정이라고 했다. 에너지나 열정이나 집착 역시 광기로 몰아세우려는 인식의 그루터기는 아닌지.

아버지는 아버지대로 당신의 기억에서 딸년의 자취를 모지락스럽게 제거해버렸다. 그 우람한 경모제나 막강한 산과 토지 한 쪼가리도 딸에게 주지 않으셨다. 딸년의 책을 사 들고 돌아서 걸어가는 아버지의 뒷모습이 눈가에 서려 다시 울컥. 그 아버지에 그 딸년인지, 그 딸에 그 아버지인지는 하늘과 땅만 알 일이었다. 한 쪼가리의 미련도, 한 푼의 욕심도, 부스러지고 쪼개진 미움도 원망도 없다. 망임의 선산 참배는 딸의 아픔과 똬리 친 희한의 보따리를 풀어 헤친 한바탕 참회의 큰절이었다. 나는 아버지 산소에 머리를 조아리며 그간 출간한 책들을 태웠다.

'아버님, 부디 평안하소서.'

마지막으로 아버지 무덤 아래쪽에 봉분을 들쓰고 누워 있는 어머니 앞에 무릎을 꿇었다. '평생 가슴에 품고 산 큰딸을 앞세우고 죽정이 같은 삼 남매만 남았어요. 제가 문학상 받았다고 용돈 한 줌 들고 어머니 뵈러 갔을 때 뭐라고 중얼거리셨지요? 사업하는 네 동생이 고전하고 있는데, 네가 긴 치마 입고 앞장서야겠느냐. 제가 가로막았다는 말씀인가요?' 그 어머니에 그 딸의 내림도 만만찮았다. 터져 나오려는 말을 다문 입술을 터지도록 깨물었다.

'어머니, 부디 평안하세요. 마지막 인사일 듯합니다.'

부스러지는 시간

"약속한 날 들고 나와." 내가 의지하고 존중하는 동문 선배님인 H선배가 두 번이나 당부한다. "내가 말했지. 그 책(『아름다운 영가』)은 보관용이야. 잊지 말고 가지고 나와요." 순간 머릿속에 뭔가 불길한 기미가 서린다.

어디 두었지? 책의 행방이 모호하다. 지난봄, 주체할 수 없이 넘치는 책들을 정리했다. 안방 베란다에 커다란 책장을 들여 증정받은 문우들의 책과 내 삶의 지침이 될 만한 인문학 책들을 그쪽으로 옮겼다. 월간지나 오래된 책들은 바나나 박스 몇 개에 따로 보관했다. 내실로 옮긴 책상과 의자, 꼭 필요한 책들만 손이 닿는 곳에 배열했다.

선배님 책 찾기로 오전 내내 전력투구, 감기가 데리고 온 잔기침, 방어용 마스크까지 착용한 채 휘어지려는 허리를 곧추세우고 눈에 불을 켰다. 보이지 않는다. 어떡하지? "내일모레 약속한 날 틀림없이 가지고 나갑니다" 하고 약속드렸는데 지킬 가망이 없다. H선배 지인들에게 전화로 사정을 이야기하고 잠시 빌려주면 내가 다시 돌려주겠노라 간청해야 할까? 여름 내내 그놈의 대상포진으로 녹초가 된 건강 상태가 하룻밤 사이에 폭우에 중동이 잘린 고목이 되고 말았다. 몸과 마음이 한순간에 부스러진 것이다.

"이건 보관용이야. 꼭 돌려줘야 해." 책을 빌려줄 때도 만남 약속을 하던 날에도 힘주어 당부한 말씀이다.

근심을 붙안은 채 햇볕이 좋은 거실 창가로 의자를 옮겨 앉아 잠시 눈을 감았다. 하루 중 오전 11시부터 12시까지는 나 혼자 거실에 쏟아지는 햇살과 고요를 만끽하는 시간이다. 나를 지탱하게 하는 평온이다. 그 행복이 H선배 책 문제로 망가지고 말았다. 누굴 원망할 문제가 아니다. 스스로 반성하고 책망하면서 감실거리는 눈가에 질펀하게 번지는 물기를 손등으로 닦는데, 문득 하나의 생각이 번개 치듯 달려왔다. 그럼, 그렇고말고. 나는 솟구치듯 몸을 일으켰다. 비실거렸던 몸피가 언제 그랬느냐는 듯 펄펄 날았다.

내 보석 상자. 그랬다. 달려간 나는 베란다 붙박이장을 열었다. 친우들에게 받은 연하장이나 편지, 내 영정에 쓰일 사진 몇 장, 존엄사에 관한 유서 따위와 누런 서류 봉투에 담아둔 귀한 책 몇 권, 내 이름으로 출간된 소설책 몇 권을 보관해둔 종이 상자다. 내 손이 상자 속을 뒤적거리다가 마침내 그 봉투를 꺼냈다.

'영혼의 노래.' 나는 책을 가슴에 안고 거실로 나가 뱅뱅이를 돌았다.

'고마워요, 감사합니다.' 그 대상이 누구인지 어떤 신인지는 상관없었다. 모두에게, 내가 알고 있는, 내가 모르는 모든 생명체를 향한 나의 간절한 기도였다. 간절함이란 이런 것이 아닐까? 가슴속에서 분수처럼 솟구쳐 오르는 기쁨, 혹은 슬픔이 이 노쇠한 삶을 다시 일으켜 세워준다.

그 상자 속에 그분의 책을 간수했던 건, 내 무의식이 지시한 존중의 명령은 아니었을까?

그녀의 온기

1970년대 중반 당시 나는 많은 사람들의 과녁이었다.

공립 학교 교사들은 4년마다 순환 근무를 해야 했다. 내가 마지막으로 근무했던 Y학교에 전근 갔을 때, 호인다운 교감 선생이 건넨 첫마디가 요상했다.

"나쁜 분 같지 않은데, 나쁜 소문이 먼저 와 있어요."

나는 그 나쁜 소문이라는 것의 말미를 대충 짐작하고 있었다. 떠나온 학교의 교감이 전근 보내는 교사의 근무 성적에 꼬리표를 달아 보내는 것이 상례였다. 속물 상관의 개인적인 감정이 만들어낸 악의적 낙인의 내용은 그랬다.

윤리 주임교사로서 태극기 게양의 책임을 준수하지 않았을 뿐더러 상관인 교감에게 항의를 했다는 당찮은 사연이었다.

여타의 다른 학교에서는 태극기 게양과 하강은 고용인의 몫이었다. 그런데 그 사안이 전근 가는 교사의 근무 성적 부실이라는 꼬리표가 되어 일찌감치 회자되고 있었다.

나는 어디를 가나 상관에게 선물 공세로 근무 유지를 지탱하는 부류가 아니었다. 그렇게 부정한 방법으로 근무 성적 A를 받는 것은 너무 비루해 보였다. 하지만 그 당시 교직 사회에서는 뜻있는 날이면 선물 공세가 하나의 전례로 횡횡했다.

그날 퇴근길에 나는 많이 지쳐 있었다. 버스 정거장에 서 있는데 대학 후배인 류 선생이 다가왔다. "얼굴이 많이 상했어요." 그러면서 내 손에 뭔가 한 줌 쥐여주었다. "이거라도 드세요."

나는 고마워요, 하는 말 대신 웃어 보였다. "내가 서툴러요. 이건 이렇고 저건 저렇다는 연유를 풀어내면 될 일인데, 입을 오므리고 있으니까 배타적 인물로 추락한 거죠."

류 선생이 고개를 흔들었다. "아니에요. 적절하게 대응하고 계시잖아요."

센트룸 한 줌이 내 가슴을 움켜쥐었다. 집에 도착할 때까지 그녀의 온기가 묻어 있는 종이 봉지를 안고 있었다.

세상 물정에 어둡고 관계에 서툰 내게 늘 하나의 축복이 있다면 만남이었다.

내 투박한 손을 잡아준 동료. 아직도 내 손마디에 그녀의 온기가 맥맥이 흐르고 있다. 감사하다는 말 한 마디, 영양제 1만 박스가 보은의 끝은 아닐 터.

4장

기대를 접으면 홀가분해

머뭇거리는 비루함

사간동 구부러진 골목, 수필가 순 작가와의 만남은 오후 2시였다. "선배님, 2시는 어떨까요?" 했을 때 그 이유를 물었어야 했다. "왜요? 점심이 너무 늦지 않을까요?"

하지만 나는 말했다. "그래요. 그럼 2시에 봐요." 이유나 변명이나 해명으로 말이 길어지는 건 질색하는 성격 탓이었다.

그날 선약이 있었다. 작가 두 분과 헌법재판소 앞에서 점심을 나누기로 한 약속은 이미 3주 전에 잡혔다. 순 작가와의 약속이 2시이기에 나는 후식이나 담소를 생략하고 1시

30분에 일어났다. 안국역에서 지하철을 타고 경복궁역에서 내렸는데, 사간동 갤러리 카페까지 가려면 중앙청을 가로질러야 했다. 그냥 걸어갔어도 되는 거리인데 지하철을 탄 것은 마음이 급해서였다.

사간동 갤러리 1층 커피숍에 마주 앉았다. 다과를 곁들여 차를 마셨다. 북촌을 한 바퀴 돌았다. 아마도 그날 점심 식사를 할 때 동석한 여성 작가가 나의 팔자주름을 지적했을 것이다. 검지 두 개로 입가를 두르며 눈짓해 보였다. 성형하라는 조언이었다. "성형 같은 건 안 해요" 하면서도 속이 조금 부글거리지 않았다면 거짓말이다. 화장실 거울에 뜬 얼굴에 내리닫이로 그려진 주름살. 끔찍했다. 외모 결핍은 늘 나를 좀 부대끼게 만들었다.

그날따라 나는 많이 구겨져 있었지만 순 작가에게 아무것도 해명하지 못했다.

즐거워야 할 만남은 그렇게 어긋나고 말았다. 그 모든 어긋남을 자초한 장본은 나. 실책이었다. 이유 불문, 배려하지 못한 성근 행동이었다. 메일이나 전화로 진심을 담은 사과를 하고 해명해야 했다. "왜 2시라야 해요? 12시에 봐요" 했으면 선약을 하루 뒤로 미룰 수 있는 양해가 통용되는 사이였다. '오후 2시? 차나 하자는 말인가?' 암튼 당시 오후 2시의 만남은 단순 유치한 나를 혼란스럽게 만들었다.

아직도 순 작가에게 그 빚을 갚지 못했다. 긴 시간이 흐르는 동안 스스로 그 답을 찾아냈다. 그의 집이 서울 끝자락에서 조금 더 내려가는 위치라는 것, 서울까지 한 시간 넘게 걸린다는 사실, 집에 남아 있는 식구를 위해 점심상을 차려두고 집을 나섰는지도 모를 일이라고. 생각이 거기에 머무는 순간 나는 수화기를 들었다. 하지만 번호를 누르는 건 그만두었다. 언젠가 해명할 날이 오겠거니. 내 어리바리가 만든 뼈아픈 해프닝이었다.

거주지의 거리와는 상관없이 점심 약속은 12시 전후 30분이라야 한다는 나만의 상식이 얼마나 일방적인 편협함인지 그날 이후 깨달았다.

조금 지나친 감이 있더라도 명확하게 선을 그어야 했다. "왜 하필 2시죠?"라고 물었다면 후회를 남기지 않았을 것이다.

순 작가에게 남겨진 나의 이미지는 말만 앞세우는 비교양인으로 고착되어버렸을 것 같다.

해를 넘겼다. 뜻밖에 그가 메일을 보내왔다. 선배 동문들과 이사한 자택 근처에서 모이기로 했다며, 생각 있으면 참석하라고 했다. 허술한 멘트였다.

수필의 대가들과의 모임이었다. 사간동 약속 이야기를 하려다가 입을 다물고 말았다. 분위기를 흔들어 구정물을 만들 수 없었다. 좀 더 오롯한 기회에 오해를 풀어내는 것이 좋을 듯했다. 겹치기로 흐르는 시간을 대책 없이 보냈다. 변명 같지만 숙맥의 자구책은 언젠가 적절하게 마련한 다탁 앞에서 깊숙이 고개 숙여 "그땐 정말 미안했어요", 그 말밖에. 더 말을 잇지 못하더라도 이해의 용량이 큰 순 작가는 고개를 끄덕이지 않을까?

2019년 마지막 날 밤, 나는 새해 축복을 담아 그녀에게 메일을 보냈다. 메일 창을 열어놓고 기다렸다. 답신을 기대한 건 아니었다. 섣달그믐 밤이었다. 막 경자년의 문턱을 넘어서던 순간 전화벨이 울렸다. "아이, 선배님!" 그 한마디가 내 설익은 조바심을 다독였다.

그녀는 뜨겁고 찰지고 조밀하다. 누구에게나 겸손하고 다정하지만, 그 유연함의 강도는 때에 따라 다르다. 겸손하지만 비굴하지 않고 다정하지만 아부하지 않고 유연하지만 대추나무 같은 알찬 씨앗을 품은 가시나무이기에 더없이 귀한 후배다.

풀꽃 향기

내 시간을 관통한 인연이 많다고는 할 수 없다. 하지만 한 시기를 지나는 동안 늘 내 곁에는 신실하고 따뜻하고 반듯한 친구들이 있었다. 그들 몇몇 가운데 은은한 풀꽃 향기로 나를 키우던 수니는 '친구'라는 수레를 끌고 20대의 자갈밭을 기어올랐다.

학부 저학년 때 큰 강의실에서 교양 과목을 같이 들었다. 교육학과 학생들과 사회학과 학생들이 정범모 교수의 교육학개론을 수강했다.

어느 날인가 앞자리에 앉았던 그녀가 "이야기 좀 할래?"

말을 걸어왔다. 우리는 학교 동편 청량대로 장소를 옮겼다. 소나무 군락 아래로 봄이면 하얀 철쭉이 흐드러지게 피었다. 입학 당시 을지로 6가, 지금 중앙의료원 자리에 있던 학교는 2학기에 용문동으로 옮겼다.

"학보지에 실린 네 글 읽었어. '파블로 카잘스의 밤' 말이야."

나는 괜히 부끄러워서 우물거렸다. "학보지 편집하는 선배가 에세이 한 편 써달라고 해서. 내가 고등학교 때 문예반에 있었다는 걸 알고 찾았대."

"나도 첼로 좋아해. 네 글 가운데서 그 대목이 좋았어. 세계적인 첼리스트 카잘스가 세종홀에서 연주하는데 입장료가 없어서 층계참에 앉아 있었다는 이야기. 귀에 들리지는 않았지만 마음속으로 흐르는 바흐의 무반주 첼로를 들었다는 부분. 난 좀 가슴이 짠했어. 너랑 같이 바흐를 듣고 싶어."

그렇게 르네상스를 찾아가 카잘스를 들었다. 운이 좋아서 바흐의 무반주 첼로가 흘러나오는 날이면 수니가 내 손을 꼭 잡았다. "넌 내 안에 오랫동안 잠복해 있었어. 근데 국문과를 갔어야지, 웬 지리학과?"

"고등학교 때 안송산 지리 선생님이 국문학과에 가면 4년 내내 문법만 배운댔어. '역사학과를 가는 게 좋지만 네 언니가 역사학과에 다니고 있다니 그럼 지리학과를 가.' 지리는 잡학이지만 글을 쓰는 데 가장 효율적인 공부가 될 거라고 하셨어. 그래서 지리학과를 지망한 거야. 난 후회 안 해. 내 적성에 맞는 것 같아. 내가 돈을 벌면 죽을 때까지 여행만 다닐 거야. 기차를 타거나 사막을 걸으면서 글을 쓰고 싶어."

마지막 강의가 끝나면 수니는 강의실 복도에 지키고 서 있다가 나를 빈 강의실이나 청량대로 내몰았다. 수니는 주로 워즈워스의 영시나 헤밍웨이의 간략한 원어 소설을 낭송해주었다. 언젠가 내가 실토했다. "난 공부 안 했어. 성적도 나빴고. 수업 시간에 소설책만 읽었어. 한번은 물리 시간에 이태준의 「어머니」를 읽다가 된통 들켰지 뭐니? 물리 선생님이 책을 압수해 가면서 '교무실로 와' 하는 거야. 종례 때 담임 선생님이 '너 물리 선생님에게 혼쭐날 줄 알아', 으름장을 질렀어. 하지만 물리 선생님은 꾸중하는 대신 '그 책 내가 보고 줄게' 하셨지."

노트 필기도 안 하고 예·복습은 물론 시험공부도 별로 집

중 안 하는데도, 그냥 밑자락에 붙어 졸업할 수 있었던 것은 순전히 귓결에 스친 교사의 설명을 놓치지 않은 덕 아니었을까? 활자를 읽는 눈과 듣고 기억하는 기능이 동시에 가능하다는 것을 그때 깨달았다.

늘 뭔가에, 어떤 주제에 미쳐 있었다. 나는 어떤 작가의 소설이나 음악, 지도 그리기 같은 잡기로 금쪽같은 16년을 고스란히 화장해버린 바보였다.

학부 3학년이던 해 11월 4일이었다. 그 과목은 유독 종강이 늦었다. 눈발이 날리는 오후였다. 첫눈인데도 금방 하얗게 쌓였다. 수니가 물었다. "우리 '돌체' 에 안 가볼래? '르네상스'는 가봤어도 돌체는 처음이지?"

수니는 나를 서울 촌놈으로 불렀다. 명동행은 그때가 처음이었다. 나는 수니를 전적으로 의지하고 있었다. 수니는 나보다 한 살 아래지만 나를 동생처럼 데리고 다녔다. 버스 정거장까지 눈을 밟고 걸었다. 나는 좀 망설였다. 호주머니 속에는 동전 한 닢도 없었다. 눈치챈 수니가 말했다. "나 용돈 탔어. 내가 낼게. 너 음악 좋아하잖아."

수니에게 이미 커피 빚을 많이 지고 있었다. 문리대 건너편 별장 다방(학림의 전신)이 우리의 아지트였다. 절친한 고교 동창인 숙의 언니가 운영한다고 했다. 수니가 가면 커피는 공짜였다. 우리는 한 잔을 나누어 마셨다. 커피가 그다지 고프지 않았다. 그것으로 충분했다. 그 무렵 우리는 을지로 6가에서 명동까지 걸었다. 당시 내무부 골목을 끼고 국립극장을 지나 올라갔다. 수니는 늘 뉴욕제과점에 들러 단팥빵 한 개를 샀다. 나는 또 가슴이 찔려 돌아서고 말았다. "우리 반쪽씩 나눠 먹어도 돼. 크니까."

폭설로 어우러진 눈송이가 모든 남루를 뒤덮었다. 서울 사람들 죄다 거리로 쏟아져 나온 것 같았다. 첫눈이 무슨 첫사랑이라도 되는지, 사람들은 서로를 보고 "눈이 와요, 첫눈이잖아" 하고 속살거렸다. 매년 오는 눈인데 왜 사람들은 그렇게 들뜨고 방만할까? 남자들은 열에 아홉은 미군 군복을 입고 여자들은 정체불명의 허룩한 옷차림으로 함박눈 같은 미소를 온 얼굴에 바른 채 걸었다. 밀리고 밀리면서. 명동은 눈꽃 핀 강물처럼 출렁거렸다.

돌체는 만원이었다. 앉을 자리를 찾아 담배 연기가 연막처럼 뿌연 공간을 이리저리 기웃거렸다. 용감한 수니가 여학생 혼자 4인용 탁자를 차지한 자리에 가서 "합석하면 안 될까요" 하고 물었다. 그녀는 사람이 오면 비켜달라며 우리에게 자리를 내주었다.

커피를 시키고, 단팥빵은 수니가 찻숟가락으로 세 조각 나누어 각자의 커피 접시에 살포시 놓았다.

앞자리에 앉은 단발머리 여학생이 자꾸 시계를 보았다. "몇 시 약속인데요?" 수니가 물었다. 단팥빵으로 말문을 튼 셋은 그냥 별 볼 일 없는 이야기를 나누었다. "저거 내가 신청한 곡이에요. 여기서 한 시간이나 기다리고 있지 뭐예요."

수니가 말했다. "한 시간씩이나? 그럼 그치는 한 시간 지각한 거네요?" 이야기가 이상한 방향으로 건너뛰었다.

"더 돼요. 점심 같이 먹자고 했는데 무슨 일이 있나 봐요."

수니가 비운 커피 잔을 소리 나게 내려놓았다. "15분까지는 그런대로 봐줘야죠. 하지만 30분을 넘어 한 시간이나 기다리게 하는 인간이랑은 찢어져야 해요."

내가 수니의 팔죽지를 살짝 꼬집었다. "내정 간섭이야. 적당히 해."

그녀가 고개를 흔들었다. "저어기 칼국수 집에서 아르바이트해요."

한순간 팽팽했던 분위기가 아르바이트라는 말에 폭 사그라졌다.

"나도 아르바이트해요. 중학생들 영어 과외요. 그쪽 보수가 괜찮은데. 머리 쓰는 일을 해야죠."

수니의 오지랖이었다. 수니하고 같이 다니면서 나는 돈도 못 버는 봉사 아르바이트를 반년이나 했다.

수니가 풀브라이트 장학금을 수령하고, 들쓰고 다니던 가난을 떨쳐내고 떠난다는 말을 들었을 때 가슴이 덜컥 내려앉았다. 부러웠다. 1960년대에 미국행은 그야말로 행운의 열쇠였다. 축하하면서도 쓰린 가슴을 움켜쥐어야 했다.

수니는 그 어렵고 지난한 장학금 수속을 하는 동안 한 마디도 발설하지 않았다. 신중함이 그녀의 장점이었다. 나 같았으면 자랑이 하고 싶어 참지 못했을 것이다.

"미네소타대학에 가. 4월 19일에. 9월 개학이지만 어학연수를 받아야 해서 빨리 출발해."

수니가 김포공항으로 향하던 날, 나는 배웅 나가는 대신 도서관 구석 자리에 앉아 뭔가를 끼적거리고 있었다. 난 그때 백수였다. 한 오라기 맥락 없는 문학이라는 추상에 목을 걸고 날마다 종로도서관에 죽치고 앉아 있을 때였다.

그날, 미도파 백화점 앞에서 그 성난 함성을 들었다. 거대한 파랑이 거리를 메우고 전진, 또 전진했다. 청와대를 향해서, 그들이 장악하고 있는 무소불위의 부정을 타도하려는 학생들의 목마른 함성이 하늘을 찢었다. 그들이 감행한 3월 15일의 부정 선거가 순수와 정의로 무장한 학생들의 가슴에 불을 지폈을 것이다. 함성의 무리들이 종로통으로 사라질 때까지 그 몇 시간 동안 나는 꼼짝하지 않고 백화점 차양 아래 서 있었다. 내 안에 메말라 있던 울음 같은 것이 비실비실 눈가를 적시고 흘렀다.

왜 우는데? 내가 눈물에게 물었다. 혼자 남았다는 서러움, 대열에 동참할 수 없다는 소외감? 그렇지 않아. 그냥 내 앞이 막막해서일 거야.

취직? 젊은이들을 위한 출구는 어디에도 없었다.

그리고 1961년 5월 16일, 그 일이 벌어졌다. 쿠데타인지 혁명인지 반역인지 충성인지 모를 거대한 힘의 노도가 청와대를 향해 진군했다. 이기붕 일가의 자살 소동이 성난 사자들의 진군을 잠시 멈칫거리게 했을까? 그 와중에도 사람들의 기진한 삶은 이어졌다.

수니가 편지를 보냈다. 16개월 만이었다. '미국은 선을 추앙하고 법이 죄를 단죄하는 바탕 아래 다져진 나라야. 한국에서는 주먹구구식 논리, 적당히, 끼리끼리, 끈 없는 사람은 평생 떠돌이로 살아야 하잖아. 이민 안 올래?'

나는 된 소리로 반박했다. "이민 같은 말 하지 마. 나는 내가 태어나서 자란 향토에 내 뼈와 살을 묻을 거야. 최선을 다하면 누구나 올라갈 수 있는 층계가 있는데……." 말을 자른 건 아기 울음소리였다.

수니가 출국하기 전해였다. 고양시 일산에 하계 봉사를 가자고 했다. 아버지가 첫마디로 정 하계 봉사가 하고 싶으면 집에서 하고, 시간 남으면 아버지 회사에 나와 미스 김이나 도우라며 면박을 지르셨다.

수니가 집으로 찾아와서 완강한 아버지를 설득, 허락을 받아냈다. 수니가 지닌 특별한 재능이었다. 하계 봉사 같은 건 별로 하고 싶지 않았지만 수니의 열정적인 봉사 정신에 매료당해 끌려갔다. 하계 봉사에 참여했던 건 그녀의 한마디 때문이었다.

“마음을 담아낼 수 있는 문자를 문맹인 그녀들에게 가르쳐주고 싶어. 편지 한 장 못 쓴다잖아.”

하지만 나는 일주일 만에 봉사라는 미명하에 자행되는 이율배반적인 현장에서 탈출했다. 그들은 봉사를 하겠다고 온 대학생 다섯의 삼시 세끼를 자신들의 어려운 부엌에서 날라다 주었다. 고구마나 옥수수로 때우기도 했지만 하루 한 끼는 꼭 집집이 돌아가면서 제공했다.

“폐를 끼치는 거야. 우리가 우리 곡식으로 밥을 해 먹으면서 한글을 가르치든 밭을 매든 해야 하는 거 아니니?”

수니를 끌어들인 복학생 D가 내 말을 들었는지 웃으면서 다가왔다. “최 선생은 여기와는 맞지 않는 것 같아요.”

내가 맞장을 떴다. “내가 안 맞는 게 아니죠. 하루 몇 시간 어정대면서 식사 바라지를 하게 만들고 있잖아요. 민폐를 끼치면 안 되죠. 마을 분들 머리 위에 무거운 바위 모자를 쓰게 하는 거 아닌가요? 그들에게는 고구마나 옥수수도 겨울나기 식량이라는 걸 명심하세요.”

나는 옷 보퉁이를 들고 일어났다. 그때나 지금이나 그들은 참신하고 아름다운 진보적 신념을 최고의 가치로 설파하고 실천하고 강요했다. 자기들이 하는 행동이 어떤 민폐를 끼치고 있는지 자각할 줄 모르는 정신의 문맹자들이 바로 하계 봉사를 자청한 그들이었다.

수니가 울먹이는 표정으로 말했다. "그럼 가봐. 생리에 안 맞으면 못 해."

나는 마른침을 삼켰다. "생리에 안 맞는 것이 아니야. 내 정서하고 안 맞아."

그녀의 진보적 사상은 내 고유한 개인 존중 신념과 대치했다. 상반되는 가치를 안고 있으면서도 정작 그 문제를 건드리는 쪽은 없었다. 수니가 부르짖는 철저한 평등과 공존공생을 위한 수평적 사회만이 인류를 가난에서 구원할 수 있다는 외침이 내 귀에는 겉돌았다.

그날 저녁 모기떼가 너무 극성스럽게 달려드는 바람에 나는 수건으로 얼굴을 감쌌다. 수니가 주인집에서 한 줌 얻어온 쑥을 태웠다.

"난 내일 갈래." 내가 툭 질렀고 그녀는 나직이 고개를 끄덕였다. 그때 하계 봉사를 주도했던 교육학과 선배가 옥수수 채반을 들고 나타났다. 수니가 그를 따르면서 분홍색에서 점차 진홍색으로 전염되어갔다. 내가 수니를 좋아해서 하계 봉사에 참석한 건 그들의 그런 색깔하고는 무관한 우정이었다. 그들 속에서 나는 이단아였다. 그들은 나를 설부른 부르주아로 따돌렸다. 그럼에도 그가 주축이 되어 봉사하는 남산 직업 훈련소에 나가서 한 학기 동안 선생 노릇을 했다. 밤에 따로 행하는 그들의 은밀한 모임에는 참여하지 않았다. 조직이라는 시스템이 부담스러웠을 것이다.

그 당시 남산 직업 훈련소에 천막 교실이 있었다. 지금의 남산 도서관 자리에 있던 그곳은 교통이 좋지 않았다. 자동차 말고 어떤 교통수단도 없는 거리였다. 내가 무슨 수로 그 가파른 층계를 오르내렸는지 기억나지 않는다. 매주 월요일 오후 두 시간 강의를 위해 남산 오르기를 감내했다. 처음에는 수니의 부탁을 거절할 수 없어서였다. 그러나 차츰 나는 그 천막 교실 어린 소년들에게 깊은 아픔을 느꼈다. 정식 학교를 다닐 수 없는 가난이 소년들의 발목을 잡고 있었다. 비가 억수로 쏟아지던 날, 나는 비가 그칠 가망이 없는데도 천막 교실에 마냥 서 있었다. 학생들은 빗속으로 달려갔다. 그런데 한 학생이 “선생님, 우산이 없으시죠? 잠깐 기다리세요” 하더니 천막 밖으로 뛰어나갔다. 10여

분 지난 후 그 소년이 우산 하나를 들고 왔다. "이거요, 선생님." 우산은 젖어 있었다. 누군가의 우산을 가져온 것이 분명했다.

천막 교실에서 충무로까지 내려가는 길은 네 곳이나 있었다. 남대문 방향, 이태원 방향, 층계로 내려가는 길, 새로 준공한 하얏트 호텔 쪽으로 내려가 약수역 근처로 가는 길이었다. 소년과 나는 우산을 들고 함께 걸었다. 집이 어디냐고 내가 물었다. 소년이 한 말에 나는 화들짝 소름이 일었다.

"저희 집은 남영동 근처인데 선생님 바래다드리고 이 우산은 다시 KBS 방송국에 갖다줘야 해요."

나는 아직도 그날 그 천막 교실 학생을 잊을 수가 없다. 그 앳된 목소리, 불밤송이 같은 까까머리, 너덜거리는 미군 군복바지가 너무 커서 몇 겹으로 접어 올려 검정 고무줄로 친친 감고 있던 그 모습 말이다.

아마도 지금 칠순 언저리를 살고 있을 그가 우연찮게 이 글을 읽는다면 어떤 기분일까?

우리는 그때 너무 가난했다. 비 쏟아지는 길가 차양 아래서 비가 긋기를 기다렸던 그 많은 우산 따라지들은 하늘만 쳐다보았다.

그리고 36년이 흘렀다. 1995년, 그녀로부터 전화가 걸려왔다. "뉴욕 책방에서 문학상 받은 네 책을 발견한 거야." 수니는 조금 달떠 있었다. 내 전화번호를 알기 위해 출판사로 수십 번이나 전화를 넣었다며 공치사를 아끼지 않았다. 그해 6월 문인협회에서 실행한 미주 하계 세미나에 나도 참석했다. 수니가 우리가 머물렀던 호텔로 찾아왔다. 서른 해 전 그 모습 그대로였다. 미인은 아니지만, 얼굴과 몸에 여성스러운 미점을 많이 지니고 있었다. 화장도 안 하고 가꾸지 않은 소박한 모습이었다.

우리는 36년 전 그때처럼 나란하게 앉아 눈앞의 풍경만 바라보았다. 마천루의 야외 커피숍이었다. 하늘은 높고 양떼구름이 우리 머리 위로 흘렀다. "잘 지내? 너희 오 선생 잘 살지?" 수니가 묻고 내가 대답하고 우리는 웃었다. 남편은 그녀도 알고 있는 동기 동창생이었다.

우린 말이 없는 친구였다. 말주변 없는 나, 조용한 성품인 수니. 우린 그래서 어울렸을 것이다. 누구와 어떻게 살고 있는지 나는 묻지 않았다. 그녀의 언저리에는 늘 능력 있는 남자들이 득실거렸다.

수니가 고해 성사를 하듯 나직이 풀어냈다.

"딸애를 출산하고 퇴원하던 날 남편이 무릎을 꿇고 용서를 빌었어. 서울에 아내하고 아들이 있다고. 부모님 뜻에 따라 꾸린 가정이지만 자기 호적은 그들이 장악하고 있다고. 당신에겐 죄를 지었지만 사랑한다고. 난 3주도 안 된 신생아를 안고 집을 나갔어."

갑자기 아기 우는 소리가 들렸다. "잠깐 기다려." 수니의 목소리에 섞여 아기 우는 소리가 내 귀청 가득 울림통을 만들었다.

"아기? 누구 아기?"

"내 아기야. 우리 아기 이름 상림이야. 림! 네 이름 끝자를 빌렸어."

"너 미쳤니? 공분 어쩌고?"

"그래 난 미쳤어. 공부? 흘러간 물에 물레는 돌지 않아. 내 안에 사랑이라는 악마가 살고 있어. 벗어날 수가 없어. 날 비난해. 온갖 악랄한 단어를 동원해서 날 공격해. 네가 던지는 말의 회초리를 고스란히 받아낼 거야. 어쩔 수 없어. 사랑이란 이성이나 도덕이나 법률로도 단죄할 수 없어. 단지 제도일 뿐이야. 내 감정은 오래전 그 사람의 종이 되어버린걸. 너무 나무라지 말아줘."

벌겋게 달아오른 쇠막대기 하나가 내 심장을 가로질렀다. 풍장 백골이 되어 누구도 어떤 감정도 퍼 나르지 못한다.

차와 동정

대학 동문 환영식에서 후배 K선생이 틈새 자리를 비집고 앉았다.

중국집 2층은 젊은이들의 열기로 후끈 달아 있었다. 나는 꼭꼭 여미고 있던 스웨터 단추를 풀었다. 스웨터 안에 입은 검은색 깔깔이 원피스의 소매 부분엔 안감이 없었다. 팔을 뻗어 음식을 나를 때마다 속살이 내비치는 것 같아 다시 스웨터 단추를 여몄다. 그러자 곁에 앉아 있던 K선생이 말했다. "제가 배달해드릴게요. 누님이 팔을 들면 제 숨이 막혀요."

숨이 막힌다는 그 말의 은유를 나는 알지 못했다. 수업이 비는 시간이면 그는 내 책상 근처에 있는 난로까지 건너왔다. 넓은 교무실에는 난로가 두 개 있었다.

6월 송충이잡이를 하던 날, 우리는 근처 야산으로 야외 수업을 하러 나섰다. 아마도 아차산 산자락이었지 싶다. 그날도 나는 검정 원피스에 그레이 계통의 엷은 카디건을 걸치고 있었다. 뜬금없이 다가온 그가 내 바구니 속에 송충이가 아닌 초콜릿을 넣었다.

"누님, 그 원피스 입지 마요."

"왜요? 무슨 걱정이래요?" 퉁명스럽게 대꾸했다.

수학 전공인 그는 시험 시간표 배정을 담당하고 있었다. 그가 요령 있게 한두 시간 시험 감독을 면제해주는 특혜를 나는 모른 체했다. 고맙다고 한마디 하면 많은 사설이 이어질 것 같아 눈도 마주치지 않았다.

내가 부담임으로 있는 학급의 선생이 신혼여행을 가서 대신 주말 출석 통계를 내야 했다. 나는 잘 할 줄 몰랐다. 다른 동료들은 죄다 퇴근해버리고 교무실은 텅 비었다. 그가 다가왔다. "출석 통계 제가 해드릴게요." 그러면서 출석부를 앗아갔다.

"고마워요."

그가 토를 달았다. "말로만 안 돼요, 선배 누님. 차 한 잔요."

나는 고개를 끄덕였다. 하지만 차 한 잔이 아니었다. 같이 버스를 타고 내린 곳은 명동이었다. 명동 통닭구이 집에 들어갔다. 나는 닭고기를 못 먹었다. 남편이 오랫동안 늑막 유착으로 매일 약을 한 줌씩 먹었는데, 일주일에 한두 번 닭을 삶아서 그 국물로 약을 먹었다. 온 집 안에 비릿한 닭 냄새로 나는 매번 헛구역질을 했다.

그가 뿜어내는 열기에 나는 점차 나른해졌다. 그 나른함은 아주 위험한 징후가 될지도 몰랐다. 누님 누님 하면서 다가오는 더운 숨결을 감당할 자신이 없었다.

그가 통닭구이 두 마리를 먹는 동안 나는 남편 직장으로 전화를 넣었다. 30분도 안 되어 나타난 남편을 보더니 그가 버긋이 웃었다. "동기 동창 커플이군요. 17대 1의 경쟁을 뚫고 용케 확보하셨네요." 그 당시 한 학과의 정원은 남학생 열일곱 명, 여학생 세 명이었다.

남편이 말을 받았다. "전혀 아닌데. 이 사람은 열외로 방치되어 있었는데. 내가 구제해준 셈인데. 안 그래, 당신?" 남편은 말끝을 '데'로 반복하면서 쑥스러운 장면을 비껴갔다.

K선생이 말했다. "우리 동창회 해요. 2차는 선배님이 내시는 겁니다."

그날 이후 그는 내 언저리를 피해 다녔다. 시험 시간표 배정은 별관 끝 교실로, 나를 멀리 밀어냈다. 수학 천재라던 그 순진무구한 젊은이의 호의를 그런 식으로 타박한 나의 속물적 사고는 지탄받아 마땅하다.

"누님, 차 한 잔요. 검정 원피스는 입지 마요. 숨이 차요."

그런 날들의 나는 설익은 머루처럼 시고 떫었다.

만날 사람은 만나게 돼 있어

집 앞, 이차선 길 건너편에 유기농 반찬 가게가 생겼다. 새로 개비한 격자무늬 출입문을 보던 날, 미술 학원인가 생각했다. 다음 순간 '새댁 반찬'이라는 고딕체로 쓴 아크릴 간판이 내 어설픈 선입견을 뒤집었다. 새댁 반찬이라는 상호도 왠지 시대착오적인 여운으로 다가왔다.

도로변에 즐비했던 작은 청과물 가게들이 대형 마트가 들어서면서 모조리 문을 닫았다. 전등이 켜지지 않은 상가가 늘어나면서 거리는 우중충해졌다. 3주쯤 지난 어느 날 오후 어둑했던 가게 언저리가 환등을 켠 듯 환해졌다. 모통이를 끼고 있는 그 가게터는 한 계절을 넘기지 않고 가게 주인이 바뀌곤 했다. 좁은 지역이라 주부들의 입심이 가게의 성패를 좌우지하는 경향이 있었을 것이다. 무튼 자연스럽게 발길이 닿았다. 지켜보고 있는 사이 손님들이 끊이지 않았다.

'새댁 반찬' 문을 열고 들어갔다. 앞치마 두른 젊은 새댁이 청결하고 나지막해 보였다. 반찬 가게 주인이라기보다는 미술 학원 선생 같은 이미지였다.

'어떤 맛일까?' "안 사셔도 돼요." 생긴 외모보다 그 말품이 더 정겨웠다. 작은 보시기와 종이에 밀봉된 나무젓가락을 내 손에 쥐여주었다. 우엉조림에 이것저것 조금씩, 접시 가운데 찰밥 한 수저를 담아주었다. 나는 우엉 하나를 손가락으로 집어 먹었다. 맛이 간간했다. 들고 있던 접시를 내려놓으려는데 나무 수저로 듬뿍 뜬 청국장이 내 입으로 날아왔다. 엉겁결에 받아먹었다. 맛이 진하고 깊었다.

"이거 손수 담갔어요?" 내가 물었다.

"우리 엄마가 담가서 주세요." 그러더니 가게 구석지에 쪼그리고 누운 덩치를 향해 눈짓을 해 보였다. 커튼으로 가려진 거기 반백의 여인이 고개를 들어 보였다. 병색이 완연

했다.

나는 청국장 2인분을 포장해달라고 했다. 새댁이 말했다. "주소를 알려주시면 제가 배달해드릴게요. 뜨거운 청국장을 비닐봉지에 담으면 아무래도 안 좋을 것 같아요."

그때 커튼 안쪽에서 얼굴 없는 목소리가 건너왔다. "그냥 냄비에 담아드려. 다음에 돌려주시라고 해."

희미하게 중얼거렸는데도 젊은 아낙은 "예, 그럴게요" 간단하게 응수했다. 나는 다시 눈길을 세워 어둑한 쪽방을 살폈다. 포대기를 들쓴 얄팍한 덩치는 어린아이의 몸피 같았다. 순간 나는 멈칫했다. 웅얼거림의 음색이 왠지 귀에 익었다. 누군가의 말에서 설핏 느낀 것은 노쇠한 귀청에서 조작된 환청일 게 분명했다. '맹탕 엉터리야.' 요즘 들어 자주 입에서 되씹는 말 습관이었다. 내 언저리에 늘 맴돌았던 건 내 무의식에 각인된 그리움의 환청이었다는 것을 젊은 댁에게서 청국장 냄비를 받아 들고 나오기 전 확인했어야 했다. '혹시 있잖아요, 저분 성함이 이진 씨 아니에요? 내 친구 목소리하고 너무 비슷해서요.'

가게 방 뒤에 문이라도 있었다면 이진은 달려 나가 숨었을 것이다. 하지만 나는 청국장 냄비를 들고 가게 문턱을 넘어섰다. 식기 전에 밥을 한 술이라도 위 속으로 날라야 했다. 6주 남짓 자리보전하고 누워 있던 뒤끝이라 발걸음이 휘청댔다.

그 집 청국장은 까다로운 내 입에 잘 맞았다. 간이 세지 않았다. 냄비를 돌려주지 못한 채 며칠이 지났다.

샤워를 하다가 안경을 낀 채 물줄기를 받았다. "이런다니까", 중얼대다가 문득 하나의 기억이 당겨졌다. 안대를 한 채 눈을 부비는 내 손을 잡아챘던 친구 이진.

샤워를 마친 뒤 나는 부리나케 옷을 입고 뛰어나갔다. '맞아, 반찬 가게 커튼으로 몸피를 가리고 누워 있던 그이가 이진 맞아.' 갑자기 가슴이 후당거렸다.

가게 문은 걸쇠로 잠겨 있었다. 겨우 사흘 뒤였다. 내 손에는 어제 오후 마트에서 산 라면 냄비 두개가 들려 있었다. 이웃 복덕방에 물어보았다. "그 집 모친이 많이 편찮으신가 봐요."

"언제요? 내가 그저께 청국장 샀는데요?"

내가 가게에 들어서는 순간부터 이진은 나를 주시하고 있었는지도 모른다. 나의 출현이 그들 모녀의 반찬 가게를 도망가게 했을까? 갑자기 오금이 저려왔다.

재동국민학교에서 처음 만난 이진은 나를 말없이 빤히 쳐다보곤 했다.

1946년 9월, 나는 돈암동 집 근처 돈암국민학교에서 4학년 한 학기를 다녔다. 8월 마지막 주에 아버지가 나를 데리고 재동국민학교로 전학 수속을 밟았다. 이유를 설명하지 않은 채 아버지는 한마디만 하셨다. "공부는 같지만, 아이들이 달라." 그게 무슨 뜻인지 나는 고개만 갸웃댔다.

그해 9월 1일, 4학년 6반 담임 선생님을 따라 교실 앞문으로 들어섰다. 교무실에서 2층 교실까지 가는 동안 내가 머뭇대면서 말했다. "선생님, 저예, 사투리가 창피해서예, 책 읽기는 몬 합니더."

선생님이 뒤돌아보더니 씩 웃으셨다. "그럴수록 자주 책도 읽고 친구들하고 어울리고 놀림도 받아야 표준어가 네 속으로 다가가는 거야. 창피하긴?"

"그래도예, 전 몬 합니더." 무슨 배짱이었는지 지금 생각해도 피식 입술이 깨물린다.

그 당시 시골 전학생이 많았던 탓인지 학급 아이들은 담담하게 나를 바라보았다.

"이름은 최○○이고, 학교에 전혀 안 다녔대." 아버지는 일제 강점기 일인 교장이 설레발치던 남사학교에 나를 보내지 않았다. 나는 한글도 일본 히라가나도 몰랐다. 학교라는 시스템에 속해보지도 못한 지리산 산골 아이였다. 돈암동 이발소에서 단발을 하고 검정 통치마에 정체불명의 상의를 입은 기억밖에 없다.

선생님이 말했다. "이진아, 네 옆자리에 앉혀. 당분간 비어 있으니까."

맨 뒤에서 두 번째 줄이었다. 내 어깨를 살짝 미는 선생님의 손길을 나는 잠시 버팅기고 서 있었다. 아버지가 부탁하셨다. "얜 눈이 안 좋습니다. 가급적이면 앞자리에 앉혀 주셨으면 합니다." 그런데 뒷자리에 가면 칠판 글씨가 보이기나 할까?

그런 나의 망설임을 대번에 눈치챘는지 선생님이 덧붙였다. "며칠만 거기 앉아 있어, 새로 자리 배정을 할 거야. 눈이 안 좋다고 했지?"

나는 고개만 끄덕였다.

"예, 해야지. 소리를 내서 말을 해."

"예." 딱 한 마디. 그런데 아이들이 키득거렸다. 교실 안이 대번에 술렁거렸다. 예 하는 단답 속에 남도의 어조와

산청의 음색이 도드라졌을 것이다. 나는 책상 골을 뒤뚱거리면서 걸어가 이진이라는 아이 옆자리에 몸을 내렸다.

나의 재동 생활은 그렇게 시작되었다. 아침 7시 반에 돈암동 집에서 나와 전차를 타면 혜화동, 명륜동을 지나 원남동에서 내렸다. 원남동에서 창경궁 돌담길을 걸어 가회동, 지금은 헌법재판소 건너편에 있는 학교까지 걸어야 했다. 교통수단이 전무했다. 몸이 허약했던 나는 집에 들어서는 순간부터 저녁 식사 시간 전까지 죽은 듯 잠에 곯아떨어졌다. 두 살 위 언니는 숙명중학교에 다녔다. 수성동에 있는 숙명중학교도 원남동에서 학교까지 걸어가야 했다. 우리는 같은 방향의 길을 따로 걸었다. 언니가 나보다 30분 일찍 집에서 출발했다.

전학 간 지 딱 2주 만에 내 눈에 흰 막이 덮이면서 칠판 글씨가 흐릿하니 번져 보였다. 다음 날 아침에 일어났을 땐 아무것도 보이지 않았다. 온통 잿빛이었다. 손으로 눈을 비볐다. 손끝에 만져진 뭉실한 부기에 손이 스치자 동통이 왔다. "어머나, 나 아무것도 안 봬!" 내가 소리를 질렀다.

아버지가 나를 불렀다. "오늘 병원에 가봐라. 조퇴하고 서울역 건너편에 있는 연세대 에비소관 안과에 가. 거기가 제일 믿음직스러운 안과야."

나는 조퇴를 했다. 학교에서 종로 네거리를 지나 숭례문 방향으로 꺾을 무렵 책가방을 안 가져온 것이 생각났다. 하지만 돌아가서 책가방을 챙겨 오기에는 학교와의 거리가 너무 멀었다. 서울역 앞, 연대 에비소관과는 딱 중간 지점이었다.

결막염이라고 했다. "손을 깨끗하게 씻고 물을 많이 마시렴. 내일모레 또 와야 해."

젊은 의사는 간호사에게 안대를 해주고 안약을 주라고 지시했다.

늦은 해거름, 서울역 주변은 시장 바닥보다 더 붐볐다. 아마도 기차가 서울역에 도착해 사람들을 부려놓은 모양이었다. 숭례문과 시청을 지나 종로 쪽 샛길로 접어들었다. 조계사 앞을 지나칠 즈음엔 여기저기 상점에 불이 켜지고 있었다.

학교 교문은 잠겨 있지 않았다. 어둑한 운동장에서는 상급생 남자애들이 공치기를 하고 놀고 있었다. 나는 긴 복도 끝에 있는 4학년 6반 교실로 살금살금 걸어갔다. 앞문을 열고 들어간 순간 나는 어머나! 후루룩 널브러지고 말았다.

피곤하기도 했을 것이다. 하지만 내가 순간적으로 기절한 것은 피곤해서가 아니었다.

누가 내 이름을 불렀다. "일어나 얘, 너 책가방 때문에 기다리고 있었잖아." 그 순간 그 목소리가 내 심장을 파고들었다. 주룩 뺨을 타고 흘러내리는 눈물. "얘, 정신 들어? 일어나봐."

"이진, 너 왜?"

"왜긴? 네가 책가방을 두고 갔잖아. 안대 한 눈을 비비면 어떡해. 손도 안 씻고!"

이진이 내 손을 꺼당겨 내렸다. 그 손이 따뜻했다. 고맙다는 말 대신 나는 고개를 끄덕였다.

그땐 중학교 입학시험이 있었다. 담임 선생님이 경기여중에 합격한 아이들과 정릉으로 소풍을 간다고 했다. 합격자 열 명 가운데 한 명이 무슨 사정으로 가지 못하게 되었다.

"숙명에 붙은 애들 가운데 누가 좋을까?" 선생님의 말이 떨어지기도 전에 이진이 "최○○요" 했다며 애들이 놀렸다. "너희들 짝패니?"

소풍 가는 일이 나는 즐겁지 않았다. 가지고 가야 할 과일 후식과 반찬이 신통치 않았다.

이진이 내 귀에 대고 작게 말했다. "걱정 마. 넌 쌀만 한 줌 들고 와." 그런데 그 쌀이 문제였다. 이진이 내가 들고 있던 봉지를 받아 하얗게 도정된 백미가 담긴 양재기에 쏟았다. 이게 웬일? 모두들 입을 딱 벌렸다. 내 쌀은 누리끼리했다. 요즘은 현미가 건강미로 회자되지만 그때는 아니었다. 이진이 쌀 양재기에 손을 넣어 휘둘렀다. "쌀이야. 대한민국에서 농사지은 쌀."

선생님이 이진의 머리를 가만히 다독였다. 부끄럽고 민망하고 미안했던 나는 입을 다문 채 막대기처럼 서 있었다.

감자 껍질을 벗기던 이진이 내 팔소매를 잡아당겼다. "이제 우리 내일부터 못 만난다." 문득 그 순간 내가 퉁을 질렀다. "광화문하고 종로가 뭐 삼천리라도 돼?"

서울 어딘가에 숨어 있을 작은 반찬 가게 간판을 찾아내고 말 것이다. 내 작은 진심이 닿는다면 이진이 남긴 행적의 지느러미를 추적할 수 있지 않을까?

복덕방에 다시 들렀다. 젊은 중개인은 책상머리에 있던 그것을 내게 건넸다. 노란 포스트잇에 딱 한 줄, '○○성당

목요일 예배'. 시간도 없고 전화번호도 없고 다른 당부도 없었다. 그녀다운 간결한 전달이었다. 목요일이 저만치 서서 나를 불렀다.

손님 대하듯이

부부, 친구, 선후배, 친지, 이웃이 다 그렇다. 사람에게 치대거나 지분대거나 지나치게 친밀한 척 속살거리는 상대에게는 신뢰감이 안 간다.

요즘 유행하는 프로 「나 혼자 산다」는 말로만 혼자의 삶이다. 혼자이지만 혼자일 수 없는 것이 사람이 타고난 비극 아닐까? 더불어 상부상조한다는 구닥다리 말이 요긴하게 쓰인다. 누군가가 반박한다.

"혼자가 어때서요? 혼자 나와서 혼자 가는데요, 뭐. 난 혼자가 편해요."

연장자가 훈수 비슷한 말을 건넨다.

“혼자선 못 살아. 사람하고 어울려 살면서도 혼자이듯이 해. 그냥 손님이듯 대하면 세상 살기가 수월해. 수도원 수녀나 첩첩산중 스님도 혼자이면서도 혼자가 아니게 살고 있잖아.” 젊은 날에는 그 말을 올곧게 이해하지 못했다. 사람과 사람 사이에 너무 가깝다고 치대는 것도 안 되고, 의지하려고 하면 도망간다는 말을 귀에 딱지가 앉도록 들었다. 시간 간격을 두고 세상을 떠난 부부를 합장할 때도 좁은 고랑을 파서 간격을 만든다. 사이와 사이를 가르는 문턱이라고 한다.

앞서가는 어떤 분의 말. 지나친 겸손이나 지나친 양보, 지나친 자기 비하는 상대방으로부터 무시당하는 수순이라고, 말을 아끼고 지불을 아끼고 부산한 동작을 삼가란다. 정곡을 찌르는 말이다. 세상을 살아가려면 잔머리 큰머리 굴려야 손해 안 보고 적당히 이기적으로 삶을 이어갈 수 있다는 말도 덧붙인다.

나보다 10년 넘게 사신 분의 금쪽같은 조언인데 어째서 시큰둥, 맞짱을 뜨며 “전 좀 달라요” 했을까?

“전 그냥 상황에 따라 적당히 말하고 적당히 지불하고 적당히 움직일 겁니다."

선배가 일침을 보탠다. "똑똑한 바보가 따로 없네. 그러니까 늘 좀 뒤처지잖아. 그러면서 미움은 미움대로 독차지하는 것 같던데?"

"전 상관없어요. 미움도 애착도 상대방의 자유의사니까요. 전 마음에 안 맞으면 그냥 돌아서요. 간단한 처방이잖아요."

"멋대로 살아." 마지막 말에는 냉소기마저 어린다.

굳이 변명하자면 멋대로 사는 게 아니다. 내 방식인 것도 있다. 모든 관계는 혼자만의 독선이나 격리로 이루어질 수 없다. 상대방과 나, 또 다른 삼자가 더불어 만들어내는 삼각구도가 삐꺼덕대고 토라지고 비아냥대고 손가락질해도 그것은 존재가 살아 있음을 알리는 증빙 서류와 같은 것. 한 가지 중요한 것은 산 자나 죽은 자나 모두를 존중하는 마음 아닐까? 사체를 염하기 전 몸을 씻기고 수의로 갈아입히고 관에 눕힌다. 매장을 하든 화장을 하든 며칠 동안 세상을 하직하는 자에게 행하는 모든 절차는 엄숙하고 예스럽다.

인간은 존엄의 존재다. 존엄이라는 양식을 내동댕이치면

그 순간부터 짐승만도 못한 괴물이 된다. 모든 갈등의 근원을 뒤적거려본다. 무언가의 결핍으로 만들어지는 갈등. '왜 날 무시해? 네가 뭔데?' 오기와 성깔로 상대의 심장을 난도질한다. '왜'라는 말은 상대를 얕보는 말투다. '왜죠?' '왜 늦었는데요?' '왜 그랬어요?' 허투로 남발하는 말 한마디가 채찍이 되어 상대의 자존감에 상처를 낸다. 함부로 내뱉는 말 한마디가.

초심을 잃지 않고, 명함을 주고받을 때처럼 조금은 서먹하고 조금은 조심스럽게 상대를 대한다면 관계의 길이가 길어질지도 모른다. 스치는 인연은 슬프다.

손님이듯 대하는 담담함, 밀고 당기는 정이라는 끈끈이보다 차라리 적당한 거리 유지가 사이를 잇는 교량일지도 모른다.

졸혼

'졸혼'. 예쁜 단어가 아니다. 결혼을 졸업한다는 말이잖은가? 이 졸혼이라는 글자를 처음 세상에 내보낸 장본은 2000년대 초 일본 작가 스기야마 유미코가 쓴 『졸혼 시대』라는 책이다.

그가 말한 졸혼의 의미는 기존 결혼 형태를 졸업하고 자신에게 맞는 새로운 라이프스타일을 찾으라는 말이었다. 한 번뿐인 인생에서 서로에게 묶여 끙끙대면서 참을 인 자를 이마에 붙이고 살아야 하겠는가? 그 이면의 의미가 신선하게 다가오긴 했다.

호적에서 이름을 분리하든, 공간을 분리해서 별거 형태로 살든, 한 공간에 살면서도 서로의 생활에 깊이 관여하지 않든 각자의 형편에 따라 결정할 사안이다.

몇 년 전 배우 K가 졸혼을 선포하고 아내와 별거에 돌입하면서 잊고 지내던 졸혼의 이미지가 되살아났다. 칠순 고비를 넘어선 지금에서야 나이 든 아내에게 '나 나간다, 우리 따로 살자' 선포했단다. 누군 50~60년 같이 산 아내나 남편이 그리 예쁘고 살갑고 다정하기만 해서 공존 공생 하는 건 아니다. 오랜 세월 함께 살면서 발뒤꿈치의 각질까지 볼 만큼 가까워지고 그 익숙함에 넌더리내면서도 묵묵 함구하면서 생존을 이어가는 것이 이 나라 나이 든 이들의 삶의 패턴 아닐까?

"서로 간섭 안 하니까 더 행복해요."

뉴욕 오윤희 특파원이 쓴 「따로 함께 살기」라는 기사에 따르면 각자 독립적인 집에 따로 살면서 일주일에 며칠씩 상대 집에서 숙박하는 것이 최근 새 트렌드로 긍정적인 시류를 타고 있다고 한다.

LAT(Living Apart Together)족. 2000년대 초부터 새로운 트렌드로 등장했다. 가장 큰 장점은 독립성과 자유다. 굳이 상대방의 생활 패턴에 일일이 맞추는 번거로움을 감내할 필요가 없다는 말. 하지만 우리나라의 경우 그 새로운 트렌드로 등장한 '리빙 아파트 투게더' 적용에는 많은 고비가 따른다. 모든 비극의 근원은 경제력이다. 50년 이상 남편에게 의지해 살던 여인들이 갑작스럽게 독립적 생존을 떠안을 수 있을까? 그게 가능했다면 인고의 50년을 견뎌야 할 이유가 무엇이었을까?

그러니 '졸혼'이라는 단어를 함부로 남발해서는 안 될 것 같다.

방법이 전혀 없는 건 아니다. 반드시 공간 분리를 하지 않아도 한 공간에서 서로를 존중하며 상대방의 자유를 침해하지 않는다면 공존 공생을 누릴 수 있지 않을까?

어떤 여성 작가가 말했다. 필요한 이야기 말고 다른 대화를 잃어버린 지 오래라고. 잠자리는 물론 식탁도 준비 완료형으로 함께하지 않는다. 단, 주말에 자녀들이 합석하는 경우는 예외지만.

아침 식사는 다반에 담아 텔레비전 앞 탁자에 두면 남편은 애청하는 프로를 보면서 식사, 아내는 다반을 들고 방에 들어가 신문을 읽는다. 어차피 한 식탁에서 식사하면서 말

한 마디 나누지 않을 바에는 각자 시간을 유용하게 보낼 수 있다고. 가벼운 입씨름도 하지 않게 되었단다.

서로를 불필요한 건으로 건들지 않으면 위장된 평화라도 노년의 평온한 축복으로 받아들일 수 있다. 타인의 눈이나 자녀들의 불편함까지 염두에 둔 노인들의 함께하는 고독은 차라리 권장할 만하지 않을까?

죽음이 삶을 키우다

전화는 멀고 희미했다. 새벽녘이어서 그랬을 것이다.

"형님 동생 떠났어요." 올케의 목소리는 무덤덤했다. 감정을 읽을 수 없는 전파음은 괄호 속에 닫힌 문장 같았다.

"언제?"

"지난 토요일에요."

그런데 "왜?" 하다가 말고 나는 목소리를 삼켰다. 30여 년 넘게 두절하고 살았던 피붙이다.

"납골함은 장지가 정리될 때까지 능인선원에 있을 거고, 오늘 제祭가 있어요."

육 남매 가운데 나는 둘째다. 이미 둘이 나보다 앞서 떠났고 이번 능인선원에 대기하고 있다는 동생을 더하면 셋을 보낸 셈이다. 부모님하고 세 명의 형제가 죽음의 문을 열고 나갔다. 죽음은 어느 누구의 직진도 허용하지 않는다.

어제 능인선원에 마련된 고인의 빈소를 다녀왔다. 준재벌급인 고인의 빈소는 그들먹했다. 82세의 죽음이라 호상이라 할 만했다. 100세 시대라고 해도 아직 대다수의 죽음은 70대 중반부터다. 내가 아는 고인은 철저한 배금사상에 중독된 수전노였다. 세상 모든 가치의 기준이 돈이었다. 자형이 학위 논문에 필요한 100만 원을 빌리러 갔을 때 3부 이자를 떼고 70만 원만 건넸다.

그는 악착같이 돈을 모았다. 여행이나 취미 생활을 즐기지 않았다.

저마다 사는 방법이 있기에 그렇게 사는 사람을 비난할 수는 없다. 비인간적인 면모를 보여주었다 해서 고리대금업자라 손가락질한다면 그 사람 역시 비열한 품성이 아니라고 할 수 없다. 아무 절차 없이 성큼 일금 100만 원을 내놓았다는 것은 고마운 일이다. 돈을 빌린 주제에 비인간적이고 어쩌고 나불댔다면 그 또한 비소한 인간의 누추함 아니겠는가?

그의 82년은 지난했다. 패가한 부친에게서 대학 학자금도 보조받지 못했고, 말단 사원으로 입사해 중소기업 사장으로 거듭나면서 우여곡절이 왜 없었겠는가.

내가 그의 빈소에 간 것은 올케 때문이었다. 그녀는 대찬 여자였다. 그가 헛발질을 하고 속을 썩이고 온갖 치사한 짓을 하는 와중에도 그녀는 묵묵 자리를 지켰다. 인내라는 글자를 이마에 붙인 채 입을 다물고 사는 것을 곁에서 지켜보았다. 그녀의 그 뚝심과 인내와 고통을 보면서 경외심을 가지지 않았다면 거짓말이다. 어떤 의미에선 그녀의 인종에 존경심이 들기도 했으니까.

반면 세상 떠난 그를 향한 경멸감은 빈소를 지켰던 두어 시간 동안 보태지고 보태졌다. 그의 막내아이가 하는 말을 귓결로 듣는 순간 나는 화들짝 놀랐다. "저 돈 많아요. 아버지가 살 만큼 주셨어요. 제 돈으로 남편 유학 보냈어요."

둘째 아들은 유학, 첫째는 물려받은 수천 평의 야산을 개간해 인삼 농사를 짓는다고 한다. 세 아이 모두에게 강남의 대형 아파트도 물려주었다. 얼마나 위대한 인간인가? 물론 더 많은 유산, 더 많은 기업을 물려준 부모도 많을

터. 하지만 내가 아는 한 그는 빈손으로 자신을 일으켜 세웠다. 49년 동안 그가 흘린 피와 땀으로, 친누이에게 3부 이자를 받아 챙기면서까지 악착스럽게 치부한 돈으로 세 자식과 젊은 아내에게 강남의 아성을 안겨준 것만으로 칭찬할 만하지 않을까?

그 누이가 3부 이자 때문에 그와 적조한 삶을 고집한 건 아니다. 삶의 방법이 달랐고 삶의 가치가 달랐기에 더불어 치대지 않았다. 사이를 두었다. 번번이 만나면 만날 때마다 상처받을지도 몰라 비켜 다녔을지도 모른다.

죽은 자의 영정 앞에 절을 하고 술 한 잔 건네는 의식은 하고 싶지 않았다. 하나 마지막 순번에 가서 나는 일어났다. 내 마음의 앙금을 더 이상 내버려둘 수가 없었다. 절과 술 한 잔으로 마감할 수 있는 것을, 거기까지 간 이상 고개 돌려 외면한다면, 나 또한 3부 선이자로 누이의 가난을 멸시한 인간하고 다르다고 할 수 있을까?

홀가분했다. 체증처럼 늘 치밀었던 옹이가 삭아 문드러지는 오후였다. 집으로 오는 길에 마트에 들러 사지 않아도 될 물건 몇 개를 카트에 집어 던졌다. 그렇게 옹색하게 자린고비로 살았던 사람도 빈손으로 가는데, 나같이 소박한 사람이 무슨 절약인가. 먹고 싶은 것 입고 싶은 것 별로 궁상바가지 하고 싶은 생각도 그의 빈소를 나가던 순간 떨쳐버렸다. 한갓 지푸라기 한 올로 태워진 인생의 덧없음을 되뇌면서.

촘촘한 거름망

웡, 웡, 고개를 돌렸을 때 그놈이 망창 틈새에 끼어 파닥거리고 있었다. 10년도 안 된 아파트여서 망창에 틈새가 있으리라곤 생각 못 했다. 더구나 10층까지 날아오른 그 의지가 가상하긴 했다. 헤어드라이어를 들고 가 센 바람을 날렸다. 바닥으로 꼬꾸라졌는지 다른 안전지대로 옮겨 앉았는지는 생각 안 했다. 나는 망창 틈새 안팎으로 테이프를 붙이고 단단히 여몄다.

며칠 뒤 또 심상찮은 웡웡거림이 달려들었다. 둘둘 만 신문지를 들고 테이프 붙인 망창으로 직행했다. '겁 없이 날

뛰는 녀석, 혼 좀 나봐.' 나는 힘준 팔로 가격했다. 윙윙대던 놈이 눈앞에서 사라진 다음 그 언저리를 살펴보았다. 양지바른 창턱에 하얀 것들이 고물거리고 있었다. 나는 울컥 쏟아지려는 마음을 겨우 붙잡았다. 망창 틈새에 은박지를 붙이고 몇 겹의 테이프로 봉인했다. 그런데도 마음 한쪽이 씁쓰레했다.

언젠가 소설가 선배가 했던 말이 생각났다. "아무리 촘촘하게 짠 체라도 불순물을 완전히 제거하지는 못해. 버무려져 살아야지." 이런 비유가 적당할지 모르지만, 사람과 사람 사이에도 적절한 거리, 거름막이 있어야 한다고. 가볍게 토해내는 말이나 술렁거리는 감정의 누수를 받아들이는 쪽에서 지혜롭게 대응해야 한다는 조언이었다. 지나친 결벽증으로 세상을 재단하는 건 지병이라며 못을 박았다.

"결벽증? 저 그런 거 없어요. 그냥 좀 관망하는 편이죠."

선배가 툭 말을 잘랐다. "관망? 옳지 않아. 수직적 사이에서는 그 용어가 통용되겠지만 수평적 사이에서 관망하는 자세는 교만 아닐까?"

"알았어요, 선배님. 제가 단어를 잘못 고른 것 같아요. 상대의 말을 경청해요. 귀를 기울여 들으면서 그가 하는 말하고 그가 행하는 행동이 일치하는지, 일관성 없는지를 곰곰 생각하는 거죠. 말하고 행동이 동전의 양면처럼 다른 사람도 있어요."

선배가 피식 웃었다. "최 작가, 지행합일이라는 말 알아? 하지만 실제로는 그렇지 않아. 마음과 행동 사이의 불일치가 흔해. 일관성이 없단 말이야. 그러니 한 귀로 넘겨들어. 사람이 입으로 뱉어낸 말이 모두 진리일 수도 없고 모두 거짓일 수도 없어. 사분사분 거짓말도 맛깔스럽게, 진실 아니면 입에 담지 않는다고 큰소리치는 입이나 그만, 그만해. 그 비율이 문제이긴 하지만 말이야."

선배의 결론은 뒤둥그러졌지만 나는 따지기를 포기했다.

한참 침묵하던 선배가 한마디를 보탰다. "틈새 바람이 감기를 몰고 와. 활짝 열어둔 문으로 들이친 바람보다 샛바람이 더 매워."

나는 고개만 끄덕였다. 말이나 감정이나 가벼운 동작이라도 거듭 걸러내면 실수를 덜어낸다는 선배의 말에 동의한다는 고갯짓이었다.

선배가 계속했다. "지구는 거대한 관계망으로 짜깁기되었잖아. 한 발자국도, 한 치도 벗어날 수 없어. 날파리 한

마리만 날아들어도 그물망은 미세하게 출렁거리지. 개인이나 이웃이나 국가도 그 촘촘한 짜임에서 벗어날 수 없다고 봐. 한마디만 덧붙이자면, 개인이나 나라나 존중이라는 토대 위에 우뚝 서면 아무도 건드리지 못해. 허룩하고 못난 존재라면 사방에서 집적거려. 요즘 이 나라가 그런 꼴이잖아. 힘을 길러야 하는데, 집구석에서 저희들끼리 볶아치고 장구치고 노닥거리는 몰골이 별로 아름답게 보이지 않아. 힘을 길러, 작가는 시간의 언어를 구사하는 일벌이라고 생각해. 관망하고 관찰하는 시각으로 변화의 추이를, 그 디테일한 현상에 방점을 찍을 줄 아는 필력을 길러야 해. 왜, 내 말이 지루해?"

"아뇨. 필력이 따라주지 않아서요." 나는 맥없이 고개만 끄덕이면서 입 안에서 되뇌었다.

망창에 기어오른 날벌레 이야기에서 너무 확장되었다. 이렇게 말에 말이 더해지면 처음 시도했던 의도와는 전혀 다른 곁가지 이야기로 비화하게 마련이다. 마치 소설 쓰기처럼. 처음 구상했던 소설이 쓰는 중간에 수십 가닥의 지류를 만들면서 곁가지 스토리로 전개되기도 한다. 삶의 무늬가 그러하듯, 세상의 어떤 것도 영원불변한 부동의 형상으로 존재하지는 않는다.

매사가 껄끄럽다. 늘 자책감으로 울퉁불퉁한 심사다. 그나마 사람 복이 있어, 주변에 좋은 사람들이 손을 잡아준다. 말 한마디 제대로 하지 못하는 숙맥인데도 관심을 나누어주는 사람들 덕에 나의 노년은 그다지 아프지 않다.

꽃샘미소

아파트 현관을 나서는 순간 앗 추워, 목에 두른 스카프를 꼭 여몄다. 다시 집에 들어가 겨울 코트로 바꿔 입고 갈까 했지만 시간이 빠듯했다. 가벼운 차림으로 나섰다. 겨울에서 봄으로 넘어가는 어중간한 계절의 어간이다. 겨울 코트를 입기에 밝고 부신 햇빛에 민망해서 조금 이르다 싶은 봄 외투를 입고 나섰을 것이다.

버스 정거장에 서 있는 사람들 옷도 가지각색이었다. 아직도 패딩 코트가 대세가 싶어 눈을 돌리면 화사한 홑겹 트렌치코트가 맵시를 자랑하고 있었다.

모퉁이에 있는 버스 정거장은 유독 바람이 셌다. 바람을 등지고 돌아서자 손질하지 못한 머리카락이 제멋대로 날렸다. 그때 "이리 오세요, 거긴 바람살이 사나워요" 하는 목소리가 내 등 뒤에서 들렸다. 누구보고 하는 말인가 싶어 눈을 돌렸다. 웃고 있는 얼굴이 내 팔소매를 살짝 당겼다.

"저기요, 머리카락이 안경에 걸렸어요." 그러면서 코트 주머니에서 꺼낸 작은 손거울을 내게 보여주었다.

그래서 왼쪽 눈가에 이물감이 느껴졌던 거구나. "고마워요." 거울을 도로 건네주면서 살짝 손을 잡았을 것이다. 작고 따스하고 말랑한 손이었다.

"거긴 바람이 세요." 처음 보는 젊은 여인은 나를 광고판 뒤로 밀어둔 채 저만치 걸어가고 있었다.

'요즘 세상에도 저런 분이 있어?' 나는 괜히 부풀어진 심사로 멀어져가는 그녀의 뒷모습에 눈을 매달았다.

5장

내 이름으로 불리는 삶

지금 이대로

인사동 6번 출구 층계는 스물여섯 계단마다 세 번의 쉼턱을 넘어야 한다. 숨차게 올라갔을 때 저만치서 걸어오던 김 선생이 키득 웃는다. "몇 번 말했는데, 4번이나 5번 출구에서 엘리베이터나 에스컬레이터를 이용할 수 있는데 왜 생고생이에요?"

나는 가쁜 숨에 버무려 중얼댄다. "층계 오르기가 운동이라잖아요. 오늘 운동은 끝." 그러고는 피식 웃는다. 약속한 시간보다 10여 분 빨리 나온 건 6번 출구의 계단 오르기가 오늘 계획에 포함되어 있었기 때문이다. 말이 운동일 뿐 이

제까지 제대로 된 운동을 해본 기억이 없다. 걷기라면 속보라야 효율적인 운동이다. 나의 산책은 효율적인 운동하고는 거리가 멀다. 땅을 내려다보고 천천히 생각을 되씹으며 걷는 완보가 건강에 도움이 될지는 생각해보지 않았다. 그나마 한여름, 한겨울 산책은 내 간소화된 일정에 들어 있지 않다. 추석이 지난 후에야 문밖출입이 편해진다. 10월 중순 넘어 상강 무렵이 내가 좋아하는 산책 시기다. 하루 한 시간 정도 밖에 나가 걷는다. 그 느적대는 산책이 겨우 동지까지다. 봄나들이는 즐겁지 않다. 겨우내 굳었던 정강이를 풀어보려는 안간힘이다.

김 선생은 또 나무란다. "종로 3가역에서 내리면 바로 거긴데, 선배는 왜 꼭 안국역을 고집하는지 모르겠네요."

"그냥 습관이죠" 하는데 그녀가 한 손으로 내 말을 자른다. "선배, 그냥 말 놔요. 우리 언니뻘인데 높임말이 불편해요." 16년의 간극이 높임말이나 낮춤말로 그 문턱을 허물 수 있을지는 알 수 없다.

나는 고개만 끄덕인다. "안국역이 좋잖아요. 역 이름도 좋고, 한글 자음으로 도배한 역사 이미지도 고급스럽고요. 운니동 덕성여대 종로 캠퍼스를 에두른 돌담도 얼마나 멋

져요. 난 그냥 구식으로, 내 방식대로 살게요. 김 선생이나 잘 살아요."

예쁘게 눈을 흘긴 그녀가 내 코트 호주머니에 손을 찔러 넣는다. 몇 년 전 직장 생활을 할 때 보건 교사였던 그녀는 내게 꽤 상냥했다. 가끔 내가 들르면 집에서 끓여온 대추차를 따라주곤 했다. 지난해 정년퇴직한 그녀는 글을 쓰고 싶다며 수필가도 아닌 나한테 수필 노트를 들이밀었다. 이메일로 독후감을 써주었는데, 그녀는 직접 만나서 이야기해야 직성이 풀린다면서 인사동 만남을 고집했다. 굳이 등단을 하려는 건 아니지만 글쓰기를 연습해서 죽기 전 자서전은 꼭 써야 한다고 말하는 품새가 다부졌다.

마주 앉자마자 그녀의 질문 공세. "선배님!"

내가 가로막는다. "늘 나보고 선배라고 하는데, 내가 왜 자기 선배예요? 동료 교사였으니 그냥 선생이라고 불러요."

그녀가 손사래를 친다. "선생이라는 호칭 징그럽지도 않으세요? 우리 그냥 선후배로 불러요. 인생 선후배 맞잖아요." 그녀의 맛깔스러운 친화력은 깐깐한 상대를 대번에 짚고 넘어간다. 선생이나 선배나 그 호칭으로 이어진 인연의 밀도가 어떻게 되는 건 아니지 싶다.

"선배님, 다시 20대로 돌아갈 수 있다면 맨 처음 무엇부터 하고 싶어요?"

그녀의 눈빛, 다문 입술, 단정하게 두 손 잡아 쥔 모습에 나는 잠시 뱉으려는 단어를 고른다. 질문자가 진지하면 답하는 어조나 내용도 그만큼 진솔해야 한다.

"근데 나 지금 별로 부족하지 않아요. 이만큼의 일상이 내 인생인 것 같아요. 20대로 돌아가고 싶지 않거든요."

"이만큼의 인생이란 어떤 걸까요?" 그녀가 바짝 대든다.

"자기만의 그릇이라는 게 있잖아요. 용량이라고 해도 되겠지요. 그걸 터득하고 나면 더 이상 나부대지 않게 돼요. 내가 내 자리에 와 머물렀구나. 그쯤에서 쉼표라는 커다란 그네에 앉아 흔들리는 진동에 몸을 맡겨요. 그런 게 평정심 아닐까요?"

그녀의 고개가 갸웃. 그녀는 육십 평생 파마를 하지 않았다고 한다. 보건 교사로 재직할 때도 생머리를 묶고 다녔다. 두상이 예뻐서 그 생머리 묶음이 자연스럽고 개성적으로 보였다.

앞가르마를 탄 두피가 뽀얗다. 머리카락을 두고 장난하지 않았다는 증거다. 보기 좋다. 진작 나도 그랬어야 하는데, 멋모르고 머리카락을 고생시켰다. 지지고 볶고 그것만으로 부족해서 주기적으로 머리카락을 들쑤시면서 색을 입혔다. 어느 날 한 줌씩 빗질에 묻어나오는 머리카락을 보고 덜컥 겁이 났다. '머리카락의 반란이야.' 이미 되돌릴 수 없다. 머리카락만 그럴까? 지난 세월, 알고도 모른 체 모르면서도 알은체 저질렀던 맹랑한 잘잘못들, 그 수많은 시행착오를 다시는 되돌릴 수 없다는 슬픈 자각이 지금을 들쑤신다.

그녀는 내 답변에 만족하지 않은 모양이다. 회한과 반성으로 녹초가 된 노작가가 한숨 바라기라도 하기를 기대했을까?

"글쎄요, 아쉬운 게 왜 없겠어요. 뜨거운 사랑 같은 걸 한 번도 못 해봤어요" 같은 말을 기대했는지도 모른다.

하지만 그런 말은 하지 않았다. 내가 달관한 건 아니지만 사랑에 관한 한 초월의 경지를 한참 넘어섰지 싶다. 지속 가능한 사랑, 존중, 숭배, 이 모든 감정의 돌기들은 유효 기간을 탑재하고 있다는 것을 이제는 안다.

이미 시효가 지나버린 화제를 김 선생이 다시 들먹인다.
"지금 무엇이 그렇게 선배님을 행복하게 만들어요?"

나는 대답을 망설이지 않는다.

"누구나 추구하는 가치가 다르겠지만 내 경우는 조금 이기적이라고 매도당할지도 몰라요. 지금이 편안해요. 내 시간 속에 내가 안주한다는 만족감이 나를 자족하게 해줘요. 간섭이나 제재를 받지 않아요. 시댁이나 친정에서 내 나이가 제일 높아요. 나이 들면서 터득한 건, '조금 사이를 두자'에 방점을 찍자는 거예요. 자녀, 친지, 친구까지도 내 곁에서 얼마쯤 밀어냈어요. 거기 있겠거니 하면서 그들의 기척을 느껴요. 먼발치에서도 그들이 뿜어내는 고른 숨결을, 은은하게 스미는 체취를 감지할 수 있어요. 듣고, 보고, 만지지 않아도 서로 속내의 문양을 기척으로 알아요."

그녀가 말하는 도중에 손을 들어 제지했지만 내가 그 손을 잡았다.

"내 말 아직 안 끝났어요. 내게 주어진 숙제들을 나름 해치웠다고 자부해요. 나보다 많이 배우고, 나보다 더 많이 축적하고, 나보다 젊고 건강하고 생을 즐기면서 사는 사람 많아요. 그중에서는 내가 제일 비실거리죠. 자의든 타의든 내 나이가 되면 무관심, 무간섭이라는 세계 밖으로 나가는 문이 열리나 봐요. 내 시간을 내 맘대로 사용할 수 있고, 다리가 튼실해서 어디든 다닐 수 있는 것. 노년의 평안은 건강과 자유에 있다고 생각해요."

다시 20대로 돌아간다면? 그 방황의 구덩이로 되돌아갈 마음은 조금도 없다. 지금의 상황에 자족한다. 혼자서도 잘 논다. 무엇보다도 나와 마주하는 시간, 한 줄의 문장을 위해 고행하는 수도승처럼 쓰고 지우기를 반복하는 나의 구도는 조금 안쓰럽지만 기특하기도 하다. 그런 과정이 생략된 하루는 잠자리에 들어서도 미흡하고 쓸쓸해 잠을 설치게 한다.

"어머나, 벌써 4신데요?" 김 선생이 가방을 챙겨 들고 부스럭거린다.

나갈 준비를 하면서 나도 한마디를 덧붙인다. "난 이제 말랑말랑한 말로 나 자신을 너무 구부리지 않을 생각이에요. '제가 뭘 잘못했나요? 죄송합니다, 주의하겠습니다.' 좋은 자리를 양보하고, 착한 체, 겸손한 체, 순한 양의 얼굴을 하고 돌아서서 입술을 깨무는 따위는 이제 안 하고 싶어요.

그냥 생긴 대로 살래요. 마구잡이로 살자는 건 아니고, 내 방식대로, 80년 동안 눈치코치 보면서 길들여온 그 양보와 겸손이라는 허물을 벗어던질 거예요."

문밖으로 한발 앞서 나가던 후배가 화들짝 돌아섰다.

"선배님. 정말 진짜네. 난 도대체 선배의 그 '망설녀'라는 별명부터가 딱 싫었어요."

"어머, 망측해. 망설녀?"

"선배, 정말 몰랐어요? 선생들이 그렇게 불렀잖아요. 망설녀라고. 착한 체하려고 늘 조금 주춤거렸잖아요?"

"나 착한 체 안 했어요."

우리는 소리 내어 웃었다.

내 이름으로 불리는 인생

종을 수집하는 문우가 있다. 그녀가 내게 따로 부탁을 한 건 아니었지만, 동유럽 여행을 갔을 때 벼룩시장을 일정에 넣었으면 하고 가이드에게 특별히 요청했다. 거절당했다. 그래서 나는 자유 시간에 중고품 가게에 들렀다. 크고 묵직한 종은 있었지만 휴대할 수 있는 작은 종은 보이지 않았다. 귀국하기 전날 종을 못 구한 미흡함으로 잠까지 설쳤다.

그녀 집을 방문했을 때 유리 찬장 안에 수십 개의 다양한 종이 진열되어 있는 것을 보았다.

"종을 모으는구나, 별난 취미네."

"왜 종이냐고요?" 이어지는 그녀의 말에 내 귀가 번쩍 열렸다. "누군가가 흔들어주지 않으면 영원히 침묵하잖아요. 난 종이고 싶지 않아요. 나 스스로 나를 타종하고 싶어요." 야무진 한마디였다. 순간 나는 전율했다. 내 인생의 길잡이를 찾았구나 하는 자각이 내 정수리를 찍어 눌렀다. 나 스스로 나를 타종하고 싶다는 한마디가 나른했던 내 일상에 빗금을 그었다.

그랬다. 그것이 종이 지닌 운명이었다. 누군가에 의해 소리를 내는 수동적인 물체에 불과한 종. 스스로 어쩌지 못하는 쇳덩이에 불과한 그것이 어떤 힘이 가해지면 존재의 이유를 소리로 발현한다는 사실. "나는 종이고 싶지 않아요." 순간 나는 그녀의 손을 내 두 손으로 포개어 잡았다. 그녀 앞에 서 있는 내 존재가 공기 빠진 풍선처럼 졸아드는 걸 느꼈다.

학부를 졸업했던 그해 연말, 종로 보신각 타종을 구경하러 갔다. 지방에서 올라온 친척과 동행한 걸음이었다. 사람들이 너무 많아서 보신각종 근처에까지 다가갈 수조차 없었다. 장장 한 시간이 넘게 기다렸다. 마침내 자정, 카운트

다운이 시작되고 사람들은 발끝을 돋우어 목을 늘이고 바라보았다. 평균 신장에 미달하는 나는 군중에 파묻혀 귀만 열었다. 1958년에서 1959년으로 넘어가는 새해 문턱이었다. 김현옥 시장이 긴 타종 막대기를 힘껏 끌어당겼다. 둥, 울리는 쇳소리는 장엄했다. 몇 번을 울렸는지 기억도 없지만, 그 크고 웅장한 종소리에 새해 처음을 맞이한다는 자각이 나를 엄숙하게 했다.

평소 그 앞을 지나다니면서도 보신각에 대한 특별한 기억은 없었다. 매일 수성동에 있는 숙명학교에서 종로를 가로질러 을지로를 가려면 보신각을 지나가야 했다. 그때 내 머릿속은 학교에서 을지로를 지나 집이 있는 신당동까지 가는 것이 가까운지, 종로를 지나 동대문을 거쳐 가는 것이 가까운지, 아니면 경희궁 돌담을 지나 원남동에서 종로 4~5가, 동대문을 거쳐 가는 게 빠른지를 가늠하느라 바빴다. 거리 감각이 부족했던 나는 그중 제일 한가한 을지로를 선호했다. 플라타너스 가로수가 종로나 원남동 로터리보다 무성하고 그늘이 깊었다.

하루는 을지로 3가를 지나가는데 누군가가 내 이름을 불렀다. 사촌 언니였다. 계모 밑에서 가슴앓이를 하던 언니는 기어이 가출했다. 우리 집에 얼씬도 안 했다. 아버지가 알면 도로 집으로 압송될 처지였기 때문이리라. 길에서 만난 언니는 직장이라는 조그마한 인쇄소로 나를 데리고 갔다. 나를 붙잡고 우는 사촌 언니에게 내가 쌀쌀맞게 말했다. "왜 우리 집에 안 와? 아버지 몰래 우리 방에 숨겨줄게, 같이 가."

한참 울고 난 언니가 고개를 내저었다. "내 인생은 내가 잡도리할 거야. 너희 부모한테 얹혀살기 싫어. 내 이름으로 불리는 인생을 살 거야."

나는 입 안에서 반복해 중얼거렸다. "내 이름으로 불리는 인생?" 열일곱 살의 머릿속이 둥 북소리를 냈다.

며칠 뒤 집에서 조금 덜어낸 김치와 고추장 병을 신발주머니에 넣어서 인쇄소를 찾아갔다. 하지만 사촌 언니는 그 사이 직장을 옮겼다. 나는 무거운 신발주머니를 들고 집으로 가면서 중얼거렸다. "내 이름으로 불리는 인생을 살 거야." 그런데 그 비슷한 말을 몇 년 뒤에 들은 것이다.

종을 수집하는 문우가 한 말과 사촌 언니가 한 말은 맥락을 같이하고 있었다. 그런 말로 나의 10대를 후려쳐준 두 사람은 내 곁에서 멀리 사라졌다. 학교에서 배운 수학 공식이나 영어 원본을 읽어야 하는 수업보다 그녀들의 철학이 나의 게으름을, 나의 무기력을 일깨워주었다. 천금 같은 진리가 거기에 있었다.

열일곱 살 나의 해답은 자명했다. '내 이름으로 불리는 인생'으로 우울한 생을 보듬고 살았다. 내가 무엇으로, 어떻게 살아야 내 이름으로 거듭날 수 있을까? 막막했다. 보통 수준보다 미달인 내 모든 인자들이 아우성을 질렀다.

"나 스스로 나를 타종하고 싶어요."

"내 이름으로 불리는 인생을 살 거야."

작은 성취를 앞세워 나를 내세우지 않는 인생으로 봉인해야 했던 시절도 있었다. 그렇게 살았던 내 방식이 타인의 눈에 어떻게 비쳤는지는 중요하지 않다. 대체로 내 주변 사람들은 내 존재를 허룩하고 어리바리한 인품으로 매김질하고 있을지도 모른다.

나 스스로 나를 타종하고 내 이름으로 불리는 인생이기를 소망한 생의 끝자락에 도착했는데, 아직도 다 하지 못한 숙제가 남은 시간을 다그친다. 게으름 피우지 말라고, 자기를 비호하고 몸 사리는 짓거리는 이제 그만하라고 내 안에서 자꾸 된 소리를 지른다.

여행 영원한 매혹, 가방을 꾸릴 때

가와바타 야스나리가 머물렀던 여관, 그 방, 그 탁자. 시간을 훔치고 사라진 것들. 니이카타 여행은 단숨에 결정되었다. 몇몇 작가들의 의견이 한순간 모아졌다. "가와바타 야스나리가 세상을 떠나기 전, 잠시 머물렀다던 여관요." 그 여행을 주선한 분의 말이 떨어지기도 전에 모두 동시에 손을 들었다.

"저요." 내 목소리가 빗방울처럼 후룩후룩 떨어졌다. "죽기 전에 가보는구나." 혼자서는 엄두를 못 내는 여행 바보의 일성이었다.

소설을 공부하기 이전부터 그의 소설을 즐겨 읽었다. 1968년 『설국』이 노벨 문학상을 수상했지만 내가 가장 애독한 작품은 『산소리』다. 처음 읽을 때는 연필로, 두 번째로 읽을 때는 볼펜으로, 그다음은 형광펜으로 줄을 치며 읽었다. 이 작품은 섬세하고 결이 고운 문체로 의식의 흐름, 무의식의 통로를 잔잔하게 묘사했다. 주인공 신고는 무색무취한 아내의 거친 결에 지루함을 느낀다. 아내의 분신인 딸조차 아름다움하고는 거리가 멀다. 한집에 사는 며느리 기쿠코는 바람쟁이 남편의 늦은 귀가를 기다린다. 그런 며느리의 무한 적막, 슬픔을 머금은 애잔한 모습에 연민, 아니 어쩌면 가슴속에 숨은 사랑을 가꾸었는지도 모른다. 소설 전반에 문득 들려오는 산소리, 그의 생애를 관통하는 고독, 슬픔, 허무의식이 잔잔한 여울처럼 가슴을 적신다.

가와바타 야스나리의 소설 전편에 흐르는 허무의식, 소멸을 읊조리는 문장, 그 엷고 시린 문맥을 누구도 흉내 낼 수 없다는 생각은 지금도 변함없다. 그의 소설을 읽으면 앙상하게 야윈 작가의 텅 빈 눈빛이 내게 다가온다. 얇은 눈꺼풀 속에서 반디처럼 반짝이는 눈, 그 그물망에 걸려 있는 잿빛 허공. 그 막막해 보이는 시선, 깊고 서늘한 냉기가 응

고된 것 같은 강철 고독, 작가 자신조차도 해갈할 수 없었던 적막, 텅 빈 동공.

여덟 명의 일행은 야스나리의 숨결이 스며들어 있을지 모를 일본식 여관으로 향했다. 모두 들떠 있었다. 눈이 쌓인 야트막한 오르막길을 가다가 마지막 집에 내렸다. 이른 저녁 식사를 마친 우리는 야스나리가 소설 작업을 했다는 방으로 갔다.

청결한 일본식 다다미 12조. 그곳에는 작가를 떠올릴 만한 볼펜 한 자루, 육필 원고 한 장 없었다. 일흔에 노벨 문학상을 받고 4여 년 동안 집이 아닌 여관에 머물렀던 그. 나는 몸을 수그리고 앉아 손으로 다다미의 결을 쓸었다. 이 공간에서 생의 마지막 소설을 썼을까? 일흔넷에 그는 맹장 수술을 한 지 4주 만에 가스 빨대를 물고 눈을 감았다.

어째서 스스로 삶을 단축했을까? 가스 밸브를 입에 물고 숨통이 끊어질 때까지 그 길고 지루한 고통을 감내할 만큼 생에 진저리가 났던 걸까? 재촉하지 않아도 서둘지 않아도 죽음은 삶 속에 잠재되어 있는 필연의 내방자인 것을.

이틀 밤을 자고 여관을 떠나는 날, 우리 일행은 그의 작업실 앞에서 사진을 찍었다. 그가 남긴 것 하나 없는 텅 빈 다다미방에서, 그가 생전에 품고 살았던 적막을 가슴으로 되뇌면서. 세상에 드문 예민함, 갈고 벼린 날카로운 비수로 생의 끝자락을 동강낸 그의 단절에는 어떤 의미가 있을까?

그는 본디 사람이 혼자라는 것을 정말 몰랐단 말인가?

거기 바다가 있어

장편 초고를 탈고한 날이면 나는 여행을 떠난다. 당연히 혼자서다. 과작가인 주제에 무슨 여행 타령인가 하겠지만, 원고 탈고는 떠나고 싶어 만들어낸 구실일 뿐이다. 내게 익숙한 행선지는 동해 쪽 강릉이나 속초지만, 가장 애착하는 곳은 부산 해운대다. 한때 30개월 남짓 살았던 곳이라서가 아니다. 부산은 내가 어린 날 존경했던 학생 고모가 관부연락선을 타고 일본으로 도망쳤던 그 항구기도 하다.

"탈출!" 고모가 일곱 살 조카애한테 남겨두고 간 말. "고모는 내일 탈출할 거야. 이 보따리를 개 아범 집 감나무 아래 갖다둬. 살그머니. 알았어? 비밀이야." 새끼손가락을 걸고 한 번 더 '비밀'이라고 되뇌었다. 새벽녘, 고모가 나간 이불 속은 동굴처럼 뻥 뚫려 있었다. 나는 고모의 베개를 안고 그 동굴 속으로 들어가 몸을 웅성거렸다.

부산 초량목장의 언덕배기 가교사에서 나는 시를 썼다. 열일곱 살 때 쓴 시였다. 「흑산도」의 작가 전광용 선생이 내가 적어낸 시를 두어 번이나 낭송했다. "어린애가 '폐허의 노래'를? 어떻게 그런 발상을 했는지, 참 기특해."

> 서울에서 쫓겨 온 남루가 광복동 거리를 둥둥 떠내려가고……
>
> 아이한테 젖을 물린 팥죽 장사 아줌마가 흰 사발에 퍼 담은 건
>
> 팥죽이 아니라 피난민들의 빈, 창자가 만들어낸 아우성이다

대강 이런 내용이었다.

내가 처음 바다를 만난 것은 피난지 부산에서였다. 바다는 멀었고 항구는 어수선했다.

대구에 있는 친구 G가 우리가 세 들어 사는 초량 셋방으로 찾아왔다. 너무 반가웠지만 한편으론 당황해서 어쩔 줄 몰랐다. "바다에 가볼래?" 겨우 한다는 말이 이거였다. 집

으로 찾아온 친구에게 밥 한 끼 대접 못 하고 바다에 가겠느냐고 해야 했던 상황이 좀 슬펐다. 해운대였는지 송도였는지 그 지명조차 가물거린다. 친구에게 아무것도 해줄 수가 없어서 나는 바위에 쪼그리고 앉아 파도만 바라보았다. 먼바다 위로 갈매기가 날고 큰 배들이 물살을 갈랐다. 영도다리가 직각으로 올라가면 배들이 지나갔다.

뱃고동 소리가 뚜우 울렸고, 친구가 "우리 그만 가자" 해서 일어났다. 어디서 어떻게 헤어졌는지. "잘 가"라는 말도 입 안에서 중얼거렸다. 그때까지 누구나 피난살이 셋방에서 그렇게 사는 줄 알았다. 친구가 다녀간 이후 나는 우리가 바로 동란의 잔해인 것을 깨달았다.

나는 KTX에서 내려 해운대로 가는 지하철을 탄다. 누가 기다리고 있기라도 하듯 마음이 바쁘다. 12시 20분, 딱 점심시간이다. 서울역 파리크라상에서 사 들고 간 샌드위치와 커피로 요기한 탓에 시장하지는 않다. 무념무상인 채로 걷는다. 바람이 거센 날이면 바다가 보이는 카페에 들어가 창가에 앉는다. 주로 홀로 하는 여행은 11월에서 이듬해 2월 사이에 이루어진다. 내려놓는 막간의 시기다. 내 이름 석 자, 아니 서울이라는 지명이나 누구의 아내라는 막중한 채무 의식까지 바람결에 실어 보낸다. 마냥 가볍다. 그 한량없는 가벼움을 나는 즐긴다. 참 이기적 소산이다. 오늘 어디 다녀올 거라는 말은 누구에게도 발설 안 한다. 일박을 하지 않는 이상 나의 돌연한 파행을 눈 흘기고 보는 가족은 없다. 두세 시간 맨발로 모래벌판을 걷고 다시 들어가 캐모마일 한 잔. 그리고 해운대 버스 정거장으로 향한다. 나의 부산 여행 일정은 대개 이렇게 정해져 있다.

영도다리가 보이는 자갈치시장이 다음 코스다. 한 바퀴 도는데 두 시간이 넘는다. 비릿하고 시큰한 냄새가 폐 속으로 들어와 나의 열여섯 때 향수를 간질거린다. 현대적으로 변했지만 그 냄새는 변하지 않았다. 갈치조림이 먹고 싶었지만 혼자 먹기엔 과한 분량이어서 단념했다. 그러나 부산 어묵은 안 먹고 갈 수 없다. 노점상 앞에 서서 종이컵에 담아주는 어묵 한 꼬치에 얼어붙었던 입이 녹으면서 지나간 조각들이 편편이 날아오른다. 막차인 9시 기차를 타려면 아직도 세 시간쯤 여유가 있다. 다음 가는 곳은 당연히 국제시장이다. 부산 여행의 종결지인 국제시장 팥죽 골목을 향해 천천히 걷는다. 아무도 없는 내 텅 빈 기억의 거리를 타박타박 걸어 국제시장으로 간다. 참 눈길 사납게 화려하고 시끌시끌하다. 젊은 여자들 죄다 부산 국제시장에 쏟아져 나온 듯, 골목골목 젊고 세련된 여성이 넘쳐난다.

그 거리, 그 어투, 조금은 거칠고 우악스러운 여성들의 막무가내식 언행이 촌사람인 내게는 정답고 익숙하다. 여자들이 벌떼처럼 몰려 있는 양품점으로 내 발이 절로 들어간다. 스카프나 덧신, 예쁜 앞치마에 오만 가지 없는 물건이 없다. 나는 자갈치시장에서 구입한 죽방멸치 한 보따리가 부담스러운데도 스카프를 두 장이나 챙긴다. "욕심내지 마", 혼잣말로 구시렁거리면서. 어느새 기차 시간이 임박했다. 시간 가는 줄 모르고 구경하느라 발품을 팔았다. 8시 15분, 부산역까지 가는 버스 정거장을 찾아 한참 걸어야 한다. 바로 지척일 텐데, 버스 정거장이 더 먼 것 같다. 기어이 택시를 불러 탄다. 참 요령 없는 짓이다.

서울행 기차를 찾아 플랫폼으로 내려가는 엘리베이터, 어둠 속에 저만치 홀로 등을 켜고 서 있는 긴 승강장. 내 티켓에 찍힌 7번 앞 벤치에 가 앉는다. 늘 그 자리, 그 시간, 그 기분으로 부산을 출발한다. 나의 일상으로 되돌아가는 시발점은 부산역인가, 해운대역인가, 서울역인가. 헷갈리고 희미하다. 저물녘이 수묵 같은 이미지로 날아드는 건 연륜의 피로 탓일까.

강릉행은 느낌이 좀 다르다. 강릉 관광호텔이 건재했을 무렵 그 호텔 커피를 즐겨 마셨다. 한아름 바다를 품고 있던 그 넓은 홀 한쪽 귀퉁이에 앉아 전복죽을 먹고 커피 한 잔. 이렇게 강릉을 내 방식으로 가꾸었다. 난설헌 고택에서 사임당 기념관까지 내처 걸었다. 걷기 위해 온 것처럼. 강릉은 내게 걸음 연습을 강요하는 지역 같다.

부산이 들뜨고 나부대는 여자 같다면 강릉은 흰 두루마기를 입은 유생 같다. 좋고 나쁨의 이야기가 아니라, 굳이 비유를 하자면 그렇다는 이야기다. 강릉의 조용하고 남성적인 기백은 나그네를 다독인다.

수렁에 빠진 것 같은 날들이 겹쳐지면 나는 고속터미널로 달려간다. 모래벌판에 수건 한 장을 깔고 앉는다. 바람이 불어 파고를 일으킨다.

해수면 아래로 해류가 반대 방향으로 흐른다고 배웠다. 눈에 보이지 않는 바다 안의 바다. 해류가 흐름을 멈추면 지구는 단시간에 빙결된다는 영화를 본 적이 있다. 당장 불안해할 이유는 없지만 바다 위를 떠다니는 쓰레기 뭉치가 조만간 어떤 사태를 발전시킬지 모를 일이다.

나는 커피를 다 마신 뒤 종이컵을 가방 속에 넣었다. 이런 소소한 행위가 무슨 대단한 결과를 가지고 오지는 않겠지만, 작은 마음가짐이다. 잠시 머물다 가는 나그네인 우리. 너무 많은 것을 누리고 너무 많은 횡포를 저지른다는 자각이 절로 몸이 옹송그리게 한다.

말의 무덤

띠 모임 친구들의 화제는 주로 운명론이다.

우리 중 제일 날렵하고 봉사 정신이 투철한, 메뉴를 고르고 만남 일정을 정하고 통고하는 그 모든 번거로움을 자청하면서도 늘 웃음을 입가에 물고 사는 예숙이가 말문을 튼다. “있잖아. 친구를 사귈 때 경계해야 할 유형이 있대. 가령 경쟁적 위치에 있는 사람. 우린 이미 16년이라는 긴 지옥 터널을 지나왔으니 이젠 경쟁 같은 건 염두에 없을 거야.” 그녀는 초등학교 때부터 대학교 졸업까지를 지옥 터널이라 하곤 했다.

차분하게 앉아 있던 Y가 손사래를 치며 예숙의 말문을 막았다. “넌 하나만 알고 둘은 몰라. 성적 경쟁? 그 궁극적인 목적이 뭔데? 좋은 대학 가고, 좋은 기업, 사 자 붙은 직업 가지려고 공부에 올인하는 거잖아. 우리 인생은 탯줄 끊는 순간부터 경쟁이라는 거대한 대열에 줄서기 하는 거라고. 알았냐?”

내숭바가지 Q가 등뼈를 곧추세웠다. “우선 식사나 하고 인생 등급 토론은 티타임에 가서 해. 나 아침 안 먹었어.” 그리고 덧붙이는 한마디. “오늘 아침 내 폰으로 날아온 고사성어를 두 번씩이나 읽었어. 명유아작 복자기구名儒亞作 福者己求. 풀이하면 운명은 만드는 것이고, 복도 스스로 구해야 한다는 말이야.”

Y가 고개를 저었다. “그건 아니지. 탯줄에 걸고 나온 운명은 빼도 박도 못해. 옛 어르신들이 본보기를 보여주잖아. 혼인할 때는 궁합을 보고, 아이가 태어나면 철학관에서 이름을 짓고, 새해가 오면 1년 동안 가족들 신수를 보고. 이런 건 미신이라기보다 평안과 복을 지키려는 어른들의 방식이었어. 무조건 맹신하는 건 멍청한 짓이겠지만. 아무튼 아무리 노력해도 타고난 등급을 뛰어넘을 수는 없을 것 같

아.”

예숙이 목소리를 작게 깔았다. “등급이라는 단어는 좀 거슬린다.”

Q가 말을 받았다. “딛고 서 있는 층계가 다르다는 거지. 안 그래? 희야, 넌 입에 지퍼 달았니?”

Q가 입담 없는 나를 부추겼다. “난 그래. 각자 주어진 만큼을 최선을 다해 가꾸면서 사는 게 복이라고 생각해. 물론 층계는 달라. Y가 등급이라는 단어를 직설적으로 날렸지만, 틀린 말은 아니지. 너희 고등학교 지리 시간에 배웠지? 등고선. 높이가 같은 지점을 에두른 산의 등고선! 맨 꼭대기 그 높고 소슬한 위치에 서 있는 인간은 몇 퍼센트나 될까? 타고난 체력과 정신력, 노력 이 세 가지를 갖춘 자만이 누릴 수 있는 최상의 위치겠지.”

그때 주문했던 식사가 나와서 일단 대화는 중단되었다.

복은 스스로 가꾸어야 한다는 말에는 동의하는 것으로 운명론자들은 수저를 들었다.

예숙이가 화제를 돌렸다. “‘말의 무덤’이라고 들어봤어?” 모두 시장기를 채우기에 바빴다. 그녀는 자신이 꺼낸 말에 책임이라도 느끼는 듯 열심히 설명했다.

"문중이 같은 날 같은 시간에 모여 외친대. '○○ 먹을 놈, 우라질 놈, 찢어 죽이고 씹어 먹어도 분이 안 풀려. 더러운 인간, 콱 뒈져버려라.' 한 사람을 매도하는 온갖 악의적 비난과 저주의 말을 토해낸 후 좌장의 제의로 땅을 파고 씹어 뱉은 말들을 흙을 파고 묻는 거야. 꼭 수목장 하듯이. 작업이 끝난 후 좌장이 말한대. '장사 잘 지냈소. 오늘 했던 오만 가지 험담은 더 이상 입에 올리지 않기요.'"

"말의 무덤? 그 출처가 궁금하다."

"어디서 들었는지 어디서 읽었는지 정확하진 않아. 지금 너처럼 나도 그 말을 처음 들었을 때 놀랐어."

"지어낸 이야기겠지."

예숙이 강하게 부정한다. "경북 예촌군에 가면 '말의 무덤'이라는 돌비석이 서 있대."

Q가 맞장을 떴다. "그러니까 문중이 모여서 한바탕 누군가를 질타하는 욕질을 지른 다음 그 말들이 민들레 깃털이 되어 날아다니지 못하게 땅속에 묻는다, 그 말이지?

누군가가 끼어들었다. "소문내지 말자고 말의 무덤을 만든 건 아니라고 봐. 미움이나 분노나 울화통은 마음에 담아두면 병이 돼. 그러니까 문중 어른이 한날한시에 사람들을 모아서 미운 놈, 싫은 놈, 발칙한 놈을 비난하게 한 거지. 일종의 치유법 아니었을까?"

예숙이 결론을 내렸다. "그 시대 지방의 반가에서는 나약한 임금을 등에 업고 백성들 등골을 빼먹는 역적을 향한 분풀이 장이 필요하지 않았을까? 그런 식으로라도 토해내지 않으면 분하고 억울하고 한이 맺혀서 살 수가 없었을 테니. 문중의 어른이 한바탕 지르자고, 산자락 으슥한 곳에 모여 입으로 역적을 죽이고 뼈와 살을 발라냈을 거라는 생각이 들어." 모두들 고개를 끄덕였다.

시간이 많이 흐른 뒤에도 '말의 무덤'은 내 귓가에서 사라지지 않았다. 땅을 파서 묻고 흙살을 덮는다. 화장한 유골을 나무 아래 묻는 것처럼. 문득 지상의 모든 생명체를 품고 잠재우고 발효해 밑거름을 만드는 그 무한한 생성의 반복이 대지라는 사실을 새삼스럽게 자각하면서. 무슨 위대한 득도라도 한 것 같아 그 자리에 선 채 한참을 멍 때렸다.

바닥으로 납작 엎드려

자아라는 단어가 좀 무겁고 괜히 철학적으로 포장하는 것 같아 즐겨 쓰지 않는다. 오래전 글공부를 시작할 무렵이었다. 수필반 임선희 선생의 강의가 유명하다는 말을 귓결로 들었을 것이다. 내 목적은 소설이었지만 일단 그 수순을 밟아보는 것도 유익하겠다 싶었다.

중년이 지난 수필반 강사는 첫눈에 바늘 같은 예리한 눈빛, 낭랑한 목소리로 수업을 장악했다. 수업은 20여 명의 부녀자들이 각자 써온 원고를 마이크가 설치되어 있는 앞에 나가서 낭송하는 방식이었다.

자작 원고를 읽은 수강생은 앉은자리에서 빗발치는 독후감을 들어야 했다. 강사는 각 글마다 이건 이렇고 저건 저렇다는 평을 하고 마지막에 총평을 했다. 강사는 거침없는 직구로 원고의 내용을 해체하고 분석했다.

나는 매료당했다.

몇 주 후 내 차례가 왔다. 200자 원고지 3매 분량의 글을 써서 갔다. 자유 주제였다. 나는 어떤 제목과 주제로 원고지 3매를 채웠는지 기억에 없다. 다만 강사의 한마디만 아직도 기억 속에 저장되어 있다.

"현실 감각이 엿보이네요. 여의도 동아일보 문화센터 주차장, 다 떠나고 혼자 남은 소외감을 소박하게 다루었어요"라는 촌평. 그러나 끝에 한마디가 내 가슴을 콕 찔렀다.

"자아의식이 너무 강해요. 같이 차 타고 가자고 하는데도 누굴 기다린다는 빈말을 던지고 혼자 남은 그 자존감에는 실익이 없어요. 버스 정거장까지만 타고 가도 될 일인데. 글은 쓸 것 같지만 아직 인성은 영글지 않았군요."

직구였다. 일주일에 한 번, 50분짜리 수업이었고 저때가 겨우 세 번째 수업이었다. 그런데 자아가 강하다느니 하는 단정적인 평가를 어찌 할 수 있었을까? 무슨 자아의식이 강해서 자동차에 편승하지 않은 건 아닌데 하면서도 이상하게 기분은 상하지 않았다. 오히려 살아온 날을 뒤돌아보는 계기가 되었다.

그 강사에 대한 수강생의 평은 대체로 첨예하고 솔직하다는 것이었다. 내 생각도 그 범주를 크게 벗어나지 않았다.

그 이후에도 내가 작품을 낭송하는 날이면 날카로운 평을 던졌다. "당신 작품은 실제 내용보다 낭송 효과를 많이 보는 것 같아요." 그리고 덧붙였다. "이건 수필이라기보다 소설에 가까워요. 소설반으로 가세요."

수필반에서 내침을 당한 모양새였지만 지금 나는 그분에게 도리어 고마움을 느낀다. 그녀의 지적이 옳았는지도 모른다. 15매 정도의 수필을 쓸 때 느꼈던 압축의 중압감에 비하면 소설은 사방이 트인 열린 장르였다. 내가 만들어낸 캐릭터에 옷을 입히고 화장을 해서 세상 밖으로 내보이는 것. 작가가 전하고 싶은 메시지를 허구적 가설이라는 장치를 통해 만들어내는 작업이 재미있었다.

그분, 임선희 선생이 내 이웃사촌이라는 걸 한참 후에 알았다. 나는 이미 소설반 수강을 신청한 뒤였다. 그날 나는 인사동에 가서 도자기 필통을 선물로 준비하고 그분 댁을 찾아갔다. 선생은 총알처럼 한마디를 던졌다.

"수필반 수강도 안 했던데, 작별 선물인가요? 아무튼 사물을 관찰하는 희씨 시각, 좀 특별해요. 하지만 자아의식이 앞서면 글이 재미없어요. 바닥에 납작 엎드려야 해요. 다 내려놓고요."

난 스승 복이 좀 있는 편이다. 임선희 선생의 '바닥에 납작 엎드려요'는 명언이었다.

나를 키워준 영혼의 거름

언제부턴가 종이 활자에 대한 독자들의 시선이 멀어졌다. 휴대폰이나 태블릿 PC 등 다양한 전자 매체로 이동, 그 속도는 가공할 만하다. 나는 스스로 구닥다리를 자처한다. 아마도 내 눈이 활자를 식별할 수 있는 날까지 아침 신문을 볼 것이고 종이 소설을 읽을 것이다. 내 경험에 따르면 인터넷에서 읽은 다양한 기사나 정보는 일회적인 호기심만 촉발한다. 그 입력의 밀도는 희박하다.

나는 아침마다 종이 신문을 읽는다. 한 시간 정도, 나의 소중한 아침 시간이 신문 읽기로 소모된다고 하면 구제불능이라고 웃을지 모른다. 신문은 우주적 정보를 일시에 일목요연하게 펼쳐 보인다. 소설은 논리적 전개를 필요로 한다. 작가가 신문의 논설에서 논리와 체계를 배워야 하는 까닭이다. 누가, 언제, 어디서, 어떻게, 왜 그랬는지 그 인간관계를 논리적으로 전개하고 유추하는 작업이 소설이다.

신문이나 책의 활자가 인간의 정서에 그리는 무늬는 쉽게 지워지지 않는다. 그것들은 축적된다. 자기만의 고유한 자산으로 남는다. 우리 세대는 거의 활자를 만나지 못했다. 일본어로 된 교과서만 있고, 우리의 영혼을 깨우고 키워줄 활자는 부재한 세월을 살았다. 1947년 이광수의 『꿈』이라는 소설이 출간되었다. 나는 전차비를 아껴두었다가 그 책을 사서 어머니 방 머리맡에 두고 나왔다. "도서관에서 빌려왔구나." 어머니는 그 책을 두고두고 읽었다.

초등학교 5학년인 아이도 이광수의 『꿈』을 몰래몰래 읽었다. 원효를 혼자 사랑한 요석공주의 애절한 사랑 이야기가 전부인 소설을 이해 못 하면서도 그저 재미있게 읽었다. 방학이면 공부 핑계를 대고 도서관에 가서 이광수의 『무정』, 『유정』, 『흙』, 심훈의 소설을 모조리 독파했다. 어떻게 반듯하게 살 수 있는가를 알게 해준 스승도 책이었다.

나는 16년 동안 학교 공부는 엉터리로 했다. 그 엉터리 공부를 보완해준 것이 바로 독서였다. 아무 책이나 가리지 않고 읽었다. 내가 아무 짓이나 하지 않게 해준 것도 책이었다. 선과 악에 대한 인식이나 미추에 대한 감각, 사람을 바라보는 잣대도 독서에서 얻은 지혜다. 내 안에서 들끓고 넘치는 이야기를 입으로 말하는 대신 나는 자판을 두드렸다. 어느 날 그것이 서사가 되고 긴 소설로 재구성되었다.

그것은 나만의 스토리텔링이었다. 내가 지어낸 이야기 속에 나를 확장시키고 나를 확인하며 스스로 하나의 캐릭터로 자리매김하는 순간 만족감이 삶의 기쁨이 되었다. 이처럼 누구나 자신만의 스토리텔링이 있어야 하지 않을까. 나의 이야기가 바로 당신의 이야기, 그리고 세상의 이야기로 비약할 수 있기 때문이다. 우리가 원하는 것은 정서적인 소통이다.

내 앞으로 걸어온 문학이라는 세상에 대한 또 다른 이야기.

초등학교 5학년 봄에 두 살 위 언니가 들고 온 숙명중학교 교지를 보고 글로 세상의 무늬를, 사람이기에 아픈 내면의 이야기를 타인에게 전달하는 문학이라는 세계와 접할 수 있었다. 그건 경이였고 고통스러울 정도의 두근거림이었다. 어린 날 겨울 화롯가에서 들었던 『수호지』나 『삼국지』가 소설이라는 창작 행위로 만들어진 작품이라는 걸 그제야 깨달았다.

그 무렵 내 안에서 발칙한 싹이 돋아나고 있었다. 글짓기 시간에 나는 언니 교지에 실린 산문을 적당히 변형해서 제출했고, 선생님은 우수작이라며 내 작품을 낭송했다. 나는 글짓기 잘하는 아이로 도드라졌다. 남의 작품을 전부 베낀 건 아니었지만 내 가슴 한 자락에서 피가 조금씩 내뱉어졌다. 내가 인용한 건 「봄」이라는 수필에서 생명의 움틈과 봄의 소리에 대한 부드럽고 아름다운 서사였다.

나는 우리 집에 있지도 않은 화단에 일년초를 심기 위해 흙살을 스테인리스 숟가락으로 파헤친 이야기를 썼다. '숟가락으로 흙살을 퍼 올리자 무언가 굼틀거리며 기어올랐다. 지렁이였다. 흙살의 웅성거림, 얼어붙었던 나무에서 움트는 소리, 흙 알갱이들이 기지개를 펴는 소리가……' 어쩌고 하는 너스레를 글자로 써내려갔다. 끝머리에는 가당찮게 거짓 꿈 이야기도 곁들였다. '그날 이후 밤마다 자주 그것의 굼실거림이 꿈속에 나타나 내 종아리나 손등에 달라붙었고, 가위 눌려 깨어나곤 했다. 그렇게 얼어붙은 겨울날 땅속에서 죽지 않고 살아난 지렁이가 가엽고 불쌍해서 다시 흙살을 덮었다.'

봄을 기다리는 곤충의 질긴 생명력에 대한 예찬과 신비를, 선생님은 고통 뒤에 봄이 온다는 과장된 해법으로 거짓 이야기를 꾸민 주인공의 등을 토닥여주었다. 숟가락으로 흙살을 퍼 올렸다는 그 문장이 기발하고 예쁘다며 칭찬에 칭찬을 보태셨다.

그것이 동기랄까, 하나의 계기가 되어 문학소녀라는 훈장을 달고 중고등학교까지 직진 행보했다.

고등학교 다닐 때부터 초등학교 학생을 가르치는 아르바이트를 하면서도 반듯하고 올곧은 아이로 자랄 수 있었던 것은 책에서 얻어낸 삶의 방식 때문이었다. 누구나 고통 받으면서 산다. 삶이란 절반의 고통과 절반의 배신 사이에 잠깐 빛처럼 스쳐가는 행복 때문에 질긴 끈에 매달려 있다.

너무 힘들고 일어설 수 없을 정도로 정강이에 힘살이 빠질 때 나를 구원해준 것도 문학이었다. 로맹 롤랑의 『매혹된 영혼』을 통해 나보다 더 아프고 더 고통스러운 사람들을 보며 나 자신을 위무할 수 있었던 것도 작가가 창출해낸 위대한 캐릭터들 때문이었다. 문학은 만병통치약, 삶의 묘약이다.

아무것도 할 수 없는 날

그런 날이 있다. 한결같음, 지속 가능한 지구력, 일관된 일상의 흐름을 축복이라 말하기엔 왠지 소름발이 이는 날. 예기치 못한 공백은 모든 의지를 매몰시킨다. 의욕 없음, 무기력, 들고 있는 책의 활자들이 개미 군상처럼 고물거리고 부연 망막 속으로 안개비 같은 몽환의 먼지가 시야를 가린다. 맹랑한 기습이다.

이런 무기력의 예고는 불면에서 온다. 어제 새벽 2시 반에 눈을 떴다. 밤의 한가운데인데, 눈은 말똥거리고 머릿속에 전등불이 환하게 켜졌다. '차라리 작업이라도 할까?' 책상 앞에 앉아 컴퓨터를 켰다. 메일을 뒤적거리고 계속 쓰고 있던 작품을 열었다. 그사이 한 바퀴를 돈 시침이 초조감을 보탰다. 더 이상 작업은 불가다. 손에 쥔 커서가 유튜브로 달려갔다. 재밌다. 거의 제목만 읽었다. 다음 또 다음으로 이어지는 영상을 보려고 별로 호기심을 촉발하지 않는 코너에 이끌려 다녔다. 정치인 운명을 예언한 영상을 보았다. 많은 전문가가 올해 운과 내년 운에 대해 장황한 논리를 전개했다. 거의 비슷했지만 그중 가장 요령 있고 간단명료하게 지적해주는 역술가를 발견했다.

내가 이런 운명론적 이야기에 솔깃해진 건 몇 년 전 나의 문학상 수여를 예고한 역술가 때문이다. 당시 2010년 앞뒤로 세월이 막막했다. 필리핀으로 어학연수를 간다는 어린 손녀를 노트북 하나 들고 따라가려 했다.

가방을 챙기다 말고 문득 나의 선택에 의구심이 일었다. 난 햇볕 알레르기가 좀 심한 편이다. 온몸이 붓고 딸기처럼 송알송알 붉은 반점이 인다. 그런데 필리핀은 햇볕의 나라 아닌가? 친구가 넌지시 말했다. "건강 문제를 상담해봐."

짐을 꾸리다 말고 친구가 추천해준 조 선생에게 가서 상담을 했다. '필리핀은 맞지 않고, 치아에 문제가 생긴다. 2011년에는 귀인의 도움으로 원하던 것을 한 보따리 받을 운이다.' 막연하고 모호하고 뒤둥그러진 상담 결과였다.

손녀와의 약속이어서 필리핀행은 취소할 수 없었다. 필리핀의 더위는 눅진하고 무거웠다. 체류 중에 앞니가 부러졌다. 두드러기가 일었다. 20일 만에 서울 집으로 돌아왔다. 막막한 시간만 덧쌓이는 나날이었다.

당시 나는 제주 4·3사건을 주제로 장편을 쓰고 있었다. 시댁 어른들이 당한 참상에서 시작된 이야기였다. 그러나 실제로 평화공원에 가서 본 상황은 너무 달랐다. 쓰다 말다 그 열의가 반으로 꺾이고 말았다. 그리고 초고를 쓰다가 잠시 그만두었던 '난설헌'을 꺼내어 다시 읽어보았다.

2011년 봄, 작가 K에게서 전화가 왔다. "그때 우리 스터디 했던 허난설헌 원고 어쨌어요?"

"어쩌긴요. 그냥 잠자고 있죠."

"D출판사에서 그 작품을 한번 봤으면 한대요."

운명일까? 나는 고개를 저었다. 운이었다. 행운의 여신이 내려준 축복. 운이 무기력한 생의 반환점을 뒤흔들었다. 그런데 정말 운이란 것이 있는 걸까?

샤워를 하고 속옷부터 갈아입었다. 흐트러진 진주알을 꿰듯 생각을 긁어모았다. 버릴 것과 간직할 것을 선별하는 작업은 지루하다. 끌려가기 때문이다. 지나온 날들의 진펄이 두 발을 꺼당기고 나는 거기서 빠져나오려고 허우적댄다. 현재를 사는 나의 건재를 시기하지 마.

마침표를 찍어야 할 때

어디가 잘못되었을까? 갑자기 컴퓨터가 먹통이더니 저장해둔 내용물이 모조리 증발되었다. 이리저리 뒤적거리다가 결국 복구 전문 업체에 의뢰했다. 컴퓨터를 들고 가서 작업을 해야 한단다. 하루 이틀, 일주일이 깜깜절벽. 이런 것도 중독 현상이라고 할 수 있을까? 아무것도 손에 잡히지 않았다. 초고 상태지만 장편소설 네 편, 에세이 70여 편이 날아가버렸다. 내가 너무 함부로 혹사한 탓일까?

요즘 퇴고하고 있던 장편소설 초고는 인쇄한 것이 있어 다시 마음 다잡고 매달리면 시간이 걸리겠지만 퇴고가 불가능한 일은 아니었다. 안타까운 것은 D출판사와 약속한 에세이였다. 2018년 11월에 출간했으면 하는 마음에 참 열심히 매달렸다.

여기저기 흩어져 있던 단문들을 취합하고 다시 쓴 것을 합치자 70여 편. 한두 번 퇴고한 후 출판사에 넘길 작정이었다.

소설은 옮기는 과정에 새로운 곁길로 진행할 수도 있고 수정 보완이 가능하지만 에세이는 쓸 때의 감정을 되돌려 올 수 없었다.

지금 사용하고 있는 인텔 코어i3 기종은 들여놓을 때부터 성가시게 굴었다. 거기에 무선키보드를 쓰고 있어 시시때때로 배터리를 먹여줘야 했다. 실제 작업과는 무관하지만 늘 켜두고 있는 상태라 배터리 방전이 수시로 골탕을 먹였다. 짜증이 솟았다. 내가 직접 구입했다면 그런 최신 기기를 선택하지 않았을 것이다.

가속이 붙은 기능화가 노년을 살고 있는 내겐 많이 불편하고 부담스럽다. 카카오톡으로 간단하게 용건 처리가 가능한데도 나는 굳이 메일을 즐겨 쓴다. 백내장 수술하기 전, 초등학교 4학년 무렵부터 결막염으로 생고생을 치른

눈이 작은 활자를 받아내지 못하는 탓이다. 난시가 심해서 작은 활자를 보면 사방 천지가 흐릿하게 흔들린다. 처음 스마트폰을 손에 들었던 날 며느리가 '카톡하세요' 하고 문자를 보내왔다. 나는 카카오톡 대신 목소리를 보냈다. "잘 쓸게. 수고했구나." 며느리는 조금 머쓱했을 것이다. '구제불능 구닥다리야'라고 생각하지는 않았을까?

들고 간 컴퓨터는 일주일 내내 무소식. 아쉬운 놈이 앞지르게 마련이다. 복구 업체 젊은 기사에게 전화를 넣었다. "완전 복구 가능하지요? 얼마나 더 기다려야 할까요?"

뜻밖에도 돌아온 대답은 절망적이었다. "복구가 어려울 듯합니다."

"거기가 한국에서 제일가는 복구 업체라던데, 어렵다고요?"

"작업하고 있긴 하죠. 그리고 복구가 되든 안 되든 비용은 지불하셔야 합니다."

"어머나, 고쳐주지 않았는데 비용을, 그것도 30만 원이나 내라고요? 어느 나라 법이 그런대요?" 내 목소리가 가파르게 기어올랐다.

이제는 그만두라는 신호인 걸까? 80 중반을 넘어선 사람이 무슨 노욕을 부리냐고 내 안에서 된 소리가 퉁을 지른다. 사태의 추이를 지켜보던 남편도 이제 그만둘 때라는 눈치다. 아이들은 몇 년 전부터 말렸다. "엄마 문장으로 쓴 소설 아무도 안 읽어요. 생고생하지 말고 우아한 노년이나 챙겨요."

나는 그냥 피식 웃고 말았다. 우아한 노년이라는 게 어떤 건지 묻지는 않았다. 개량 한복 입고 며느리 맞이하는 시어머니의 단정한 모양새가 아들아이에게는 아쉬웠던 모양이었나 보다.

컴퓨터 없는 일주일 동안 나는 아무것도 못 했다. 세상살이가 깜깜절벽. '컴퓨터 없는 세상에는 어떻게 살았을까?' 맹랑한 생각까지 하면서. 온종일 텅 빈 시간이 막막했다. 결국 한 가지 놀이를 생각해냈다. 바로 영화 감상이었다. 그러나 어느 극장에서 어떤 작품을 상영하는지 알 길이 없었다. 포털 사이트에 들어가면 일목요연하게 상영 영화부터 작품평까지 친절하게 안내해주는데. 결국 나는 무작위로 집을 나섰다. 3호선 중턱에 있는 대한극장이 음향이나 좌석이 편안하다. 마침 보고 싶었던 영화를 보려면 한 시간 반 정도 기다려야 했다. 다시 지하철을 타고 고속터미널 영풍문고를 향했다. 활자들이 넘치고 넘쳤다. 많은 책 가운데 내 책은 한 권도 보이지 않았다. 하긴 등단 25년에 겨우 장편소설 5편, 소설집 3권이 고작이다. 그러나 그 여덟 권 중 한 권도 책장 구석에 비치되지 않았다는 삼류의식이 나를 바늘 침으로 찔렀다. 맥없이 책방을 나서다가 물었다. "『정약용의 여인들』 한 권 찾아주세요. 안 뵈던데요."

계산대 여자가 "D출판사 책은 진열 안 해요" 하고는 쌀쌀맞게 돌아섰다.

"그럴 리가, 저기 『예감은 틀리지 않는다』는 D출판사에서 나온 책 아닌가요?"

"그건 번역 소설이잖아요."

나의 글방 스승들

내 비소한 문학에 방점을 찍어준 선생님의 첫 눈길은 쇠날 같았다. 거칠고 날카로웠다. 지금의 나를 있게 해주신 김원우 선생님은 소설이라는 그 어마무시한 미궁의 출구를 검지로 가리켜주신 분이다. 참 지독했다. 날아오는 한마디 한마디가 수지침이었다.

1990년 초 김원우 선생을 모시고 소설 공부를 했다. 모두 쟁쟁한 작가들이었다.

내가 제일 많이 지적당했다. "최○○ 씨는 맞춤법 공부부터 하고 와요. 도무지 틀린 글자가 나오면 곤혹스러워 읽기가 중단된단 말이오." 팩하고 거친 음색으로 후려쳤다.

그럼에도 첫 장부터 마지막 장까지 한 줄 한 줄 행간에 붉은 볼펜으로 토를 달며 조언을 아끼지 않았다. 그 아낌없는 질타와 가혹하리만치 가파른 가르침을 두고 혹자는 너무 심하다고 비난했지만 내 생각은 달랐다. 비로소 참 스승을 만났다는 자족감에 후려치는 타박에도 순순히 따랐다.

지속적으로 난도질을 당하면서도 나는 이를 악물었다. 그를 극복하지 못하면 모든 것이 허물어질 것이라는 자기 암시로 비틀거리는 나를 버텨냈다.

어느 날 김 선생이 나를 누군가에게 소개했다. "최○○ 씨는 소설을 쓸 것 같다고." 농담에 버무린 말이라 해도 내겐 홈런 같은 한마디였다. 칭찬에 인색한 분인데, 그날 그 한마디가 내 심장을 움켜쥐게 만들었다. 그 한마디에 매달려 오늘까지 달려왔다.

내겐 소설이 먼 등대 같았다. 망망대해와 길길이 날뛰는 파도를 거슬러 가야 했다. 기초도 없고 연결도 없고 인맥도 없었다. 해지는 허허벌판에 서 있었다. 출산과 집의 울타리를 메우고 들어섰던 쉰 끝자락, 소설을 써보겠다고 작심한 중년의 주변은 스산했다. 선생은 나이 많은 제자를 혹독하게 이끌어주셨다. 내게 소설을 쓸 수 있을 거라는 확신을 주신 분의 그 한마디를 붙잡고 여기까지 왔다. 그건 천만금의 확신이었다.

나는 아직 현역 작가로 살고 있다. 그분의 매운 회초리 덕이다. 나의 노년이 이만큼 풍요롭고 가득한 나날을 보낼 수 있도록 보태준 그 혹독한 꾸짖음은 가히 축복이었다.

그리고 신달자 시인. 그분은 만개한 목련꽃 같았다. 살짝 찡그린 미간에 남도 사투리가 귀에 설지 않았다. 태평로에 있는 동방빌딩 문화센터 강의실에서 뵌 첫인상이 그랬다. 그 목소리에 기시감이 느껴졌다. 연두를 흔드는 야윈 꽃샘바람, 지난날 '목숨'의 시인이 풀어냈던 송홧가루 같은 솔향기에 버무려진 상큼 매운 이미지라 하면 "내가 뭘?" 하고 반문하실까?

1985년 가을이었다. 나는 누군가에게 끌려 강의에 등록하긴 했지만, 딱히 내가 쓰고 싶은 장르를 정하지 못한 상태였다.

3개월 단위의 학기가 끝날 즈음 시인이 나를 불렀다. "주부 백일장에 한번 나가봐요." 가벼운 권유였다. 세상만사

순응형이었던 나는 "감사합니다" 했다. 커피숍 2층 계단을 내려오면서 혼자 중얼거렸다. "나이 덕을 보는 건가?" 수강생들 가운데 내 나이가 제일 높았다.

점심시간인데도 식사도 대접 못 하고 찻값도 시인이 지불했다. 늙은 제자의 어리바리가 저지른 어눌한 결례였다.

대학로 옛 문리대 마로니에 공원이었다. 5월이었고 신록을 흔드는 바람이 싱그러웠다. 나는 그 무렵 원고지도 제대로 쓸 줄 몰랐다. 그 전날 손톱을 너무 짧게 자르는 바람에 오른손 새끼손가락에 밴드를 붙이고 있었다. 글자를 쓰는 동안에도 계속 손톱 끝이 욱신거렸다. 악필이 악필을 보탰다. 지금은 기억 안 나지만 집행부에서 준 몇 개의 제목 중에서 취향에 맞는 제목으로 골라 두 시간 내에 써야 했다.

내가 지금 그날 신달자 시인을 만났을 때 미련하고 답답했던 나의 행동, 그 참담했던 기억을 떠올린 건 대책 없는 나의 끈질김이 한심해서다.

어쩌자고? 영광스러운 성과를 얻지 못한 상황이었는데, 나는 부득부득 댁에 가시라고 택시를 잡았다. 신사동까지, 줄기차게, 칡뿌리처럼 감겨 꼼짝달싹 못하게 만드는 최악의 상태였다. 택시 뒷좌석에 앉은 스승과 제자는 한마디도

하지 않았다. 어쩌면 젊은 스승은 나이 많은 제자의 질긴 침묵에 진저리쳤을지도 몰랐다.

나는 늘 좀 부끄럽고 죄송할 뿐이다. 한 번도 그 이야기 근처에 어슬렁거리지 않았다. 시인을 향한 감사를 비단 보자기에 싸 옷장 속에 넣어둔 지 서른 해가 넘었다.

시인은 아직도 이 돌덩이 같은 숙맥 제자를 기꺼이 맞아 주신다.

내 소설 공부에 박차를 가해주신 선생들은 또 계신다. 바로 황순원 선생님과 오정희 선생님이다. 나는 두 분의 작품을 필사했다.

황 선생님의 문체를 흠모했다. 백미 같은 문장, 담채색으로 다져진 시적 언어로 심리를 섬세하게 묘사한 문체는 압권이었다. 단편 「소나기」나 「독 짓는 늙은이」는 물론 「카인의 후예」를 필사할 정도로 나는 황 선생의 문체에 경도되어 있었다. 오작녀라는 캐릭터는 아직도 내 뇌리 속에서 생생하게 움직이고 있다.

오정희 선생님은 몽환적이고 아련한 문장이 참 아름답다. 흉내 낼 수 없다. 「저녁의 게임」, 「만선」, 「중국인 거리」,

「불꽃놀이」 등 대여섯 편쯤 필사했다. 나는 타고난 재능이 없는 편이라 죽도록 필사하고 죽도록 읽지 않았다면 소설가로 살아남지 못했을 것이다. 살아남았다는 말이 좀 버성기긴 하다. 나는 오늘도 미련하게 버티고 있다.

해마다 반복하는 다짐

'가볍게, 단순하게.' 새해 각오는 이 두 마디로 정했다.

하나만 더 보태면, 감정의 쓰레기를 씻어낼 것. 신통하게 마음에 드는 말이다. 늘 감정의 쓰레기들이 일상을 어수선하게 만든다. 많은 생각, 두서없이 끓어오르는 갈등, 상대를 기웃거리는 외로운 사람의 대책 없는 허기증. 그것들의 원흉은 감정이라는 미묘한 정서의 바탕 무늬다.

우선 어수선하게 퍼질러 있는 것들을 미련 없이 치울 것. 베란다나 옷장의 헌옷만을 두고 하는 말은 아니다. 주변에 있는 말 많고 불평 많고 잘 삐지고 독선을 휘두르는 사람들과는 거리를 두는 것이 좋다. 거리라면 시간이나 공간, 만나는 주기를 조율하는 것도 현상을 유지하는 방법. 이웃이나 친지나 친구 누구에게나 해당한다.

감정의 쓰레기를 만드는 주범은 무엇일까? 부정적인 삶의 태도에서 비롯되는 자기 비하가 그 쓰레기 더미를 만드는 주범인지도 모른다.

성격은 표정에 나타나고, 본질은 행동에서, 배려는 식사를 같이 해보면 금방 티가 난다. 인간성은 약자를 대하는 태도에서 한눈에 감별할 수 있다. 자기 삶이 누군가에게 피해를 입은 것처럼 원망과 저주를 가슴에 품고 있는 사람은 두렵다. 끼리끼리 논다는 말이 있다. 성향이나 색깔이 비슷한 부류를 이르는 말이다.

불평하는 자는 불평을 옮긴다. 부부관계가 원만하지 못한 사람은 화목한 부부를 보면 속이 배틀리고 입술이 뒤틀린다. 다른 자녀들의 성공 사례를 접하기라도 하면 끓어오르는 열불을 감당 못 해서 만남의 자리에 구정물을 분사하기도 한다. 행복이나 불행은 비교 대상을 바라보는 기울어진 시각에서 만들어진다. 스스로 자신의 살과 뼈를 대패질하는 자해를 반복한다.

반듯한 사고, 반듯한 시각, 제대로 된 인품을 간직하기 위한 첫걸음은 스스로를 객관화시킬 줄 아는 자신만의 거울을 가지는 일이다. 2미터 앞 전신거울에 비추어보면 자신의 일그러짐과 반듯함이 한눈에 들어온다. 마음속 거울도 마찬가지다. 마음의 거울 앞에 바투 서서 자신을 바라보면 객관화할 수 있다.

'가볍게, 단순하게'라는 각오로 2020년을 맞이할 생각이다. 누더기같이 깁고 덧대고 짜깁기한 감정의 부스러기를 털어낼 것. 나 자신에게만이라도 하라, 마라 하는 지시나 충고는 안 하고 살고 싶다. 참견이나 충고나 조언 그 모든 전달에는 유아독전의 아집이 도사리고 있기 때문이다.

여자로 산다는 것

친가나 외가 모두 남녀 비율을 따지면 단연 여자가 우세하다. 친가 쪽부터 살펴보면 고모가 넷, 사촌 언니가 넷, 고종 사촌이 셋이나 된다. 셋 모두 언니와 나와 비슷한 또래여서 은근히 경쟁 대상이었다.

외가에는 외숙모 둘에 이모님 둘뿐이지만, 그 존재감은 도드라졌다.

결혼해서 들어간 시댁에는 시누 둘, 형님 동서 다섯에 나까지 8남매 식구가 한자리에 모이면 몇 명은 기립한 자세로 엉거주춤 자리를 양보해야 했다.

동기 동창과 결혼한 나는 여섯째 며느리다. 새해를 맞으러 내려가면 제사 모시는 종가의 설거지거리는 가히 산더미만 했다. 그 많은 그릇을 마당 수돗물에 맨손으로 설거지해야 하는 순서는 육지 년인 내 몫이었다. 물론 도와주는 언니가 있었지만, 그이조차 새 며느리 육지 년인 나를 만만하게 봤다.

정작 시어머니나 시누들은 착하고 순해서 무슨 일을 시키는 법이 없었다. 그 대신 형님 시집살이는 좀 한 것 같다.

어느 날 나보고 점심 식사를 준비하라는 명령이 떨어졌다.

"반찬은요?"

"알아서 하게나." 큰 형님의 매운 한마디였다. 궁리가 나지 않았다. 아무것도 없었다. 김치 독만 그들먹했다. 고기는 물론 멸치나 마른 새우 한 마리 없었다.

나는 배추김치 한 포기를 꺼냈다. 커다란 가마솥에 김치와 참기름을 부어 달달 볶았다. 마침 선반 위에 누군가가 감춰둔 일제 조미료가 눈에 띄었다. 반통을 쏟아부어 끓인 김치찌개는 맛있었다. 하지만 부엌으로 들이닥친 형님이 간 보기로 입에 넣은 찌개 한 술을 탁 뱉었다. "미원을 너무 넣었잖아. 참기름도 동이 났네."

"그럼 어떡해요? 다시 끓여요?"

"어머님 막 도착하셨는데. 시장하셔. 언제 다시 끓이니?"

우리 어머니는 그이에 비하면 새 발의 피도 안 되었다.

종가인 큰댁이 번성했을 무렵 기일이나 어른들 생신날이면 들이닥친 고모들의 득세가 만만찮았다. 그 많은 식구들의 삼시 세끼는 내 어머니가 담당했다. 도우미 언니나 참모까지 거느린 큰살림인데도 어머니는 온종일 앞치마를 걸치고 있었고 아침 세수도 못 한 채 세끼 사이로 새참과 간식까지 챙겼다. 고모들의 짱짱한 시누 텃세는 해방 후 우리가 서울로 옮기면서 후퇴했다.

시누이가 그렇게 당찬 권리를 휘두를 만한 위치인지 어린 나이에도 은근히 미워하는 마음이 생겼다. 온종일 달달 볶아치던 잔소리, 바느질 심부름에 푸대접까지 어머니가 안고 살았던 시집살이였다. 지금 생각해보면 어머니의 그 고요한 침묵은 우울증이 아니었을까? 여섯 남매를 키우면서도 어머니는 꾸중도 잔소리도 한 마디 안 했다. 내가 공부 안 하고 소설책을 끼고 빈둥거려도 아무 말 안 했다. "공부 못해 낙제하면 낙제 인생으로 사는 거지." 설핏 들은 어머니의 푸념이었다. 나는 오그라드는 심장을 오른손으로 문댔다. 천 마디 잔소리보다 날 벼린 한 마디였다.

매년 배가 남산만큼 부풀어 살았던 우리 동네 어떤 아주머니는 딸을 일곱 낳고 아들을 출산한 후에야 임신이 끝이 났다. 늘 뒤뚱거리는 걸음으로, 한 팔로 배를 잡고 한 팔에 무거운 짐을 들고 신작로를 지나 다녔다. 기미가 오르고 햇볕에 그을린 야윈 뺨에는 흑임자를 들이부은 듯 주근깨가 슬었다. 그러던 어느 날, 남편 되는 양반이 사내아이 하나를 데리고 왔다. 언제 낳았는지 초등학교 입학할 나이라고 동네 소문이 자자했다.

7공주 아줌마는 묵묵히 수저 한 벌과 밥그릇 하나를 더 얹었다는 소문. 우리 세대 부인들이 살아온 거친 자갈밭 고랑이다.

지금을 살고 있는 여성들은 조금 다르다. 공부나 직장이나 능력에 따라 정치 입문까지 가능한 시대다. 요즘엔 며느리 시집살이를 하는 시어머니도 있다는 기사를 읽었다.

어떤 시대를 살든 온전하고 반듯한 사유만 있다면 인생이라는 마라톤을 완주할 수 있다. 우리 삶은 시한부다. 시작과 끝이 있는 그 짧은 한 번뿐인 삶에 주어진 한 순간, 한 시간, 하루, 한해를 퍼즐 맞추듯 살면 되지 않을까.

최선이라는 단어를 좋아한다. 자신에게 주어진 숙제를 힘닿는 데까지, 주어진 시간까지 최선을 다해 완수하는 자세, 정작 정신의 오르가즘의 진수가 거기 있지 않을까?

관계란 거대한 하늘의 망인지도 모른다. 우리가 의도했든 의도하지 않았든 태어나서 소멸하는 날까지 이어지고 어우러지는 인과의 망이다. 다른 행성으로 날아가 불시착한 우주선이나 4차원 세계의 새로운 진로를 탐색하고 개발하는 부단한 진화의 길목 위에 우리라는 한 무더기 생명체들이 잠시 머물고 있다. 우리는 한 알의 작은 모래이거나 작은 먼지, 혹은 연꽃 위에 서린 아침 이슬일 뿐, 형체 안에 가둬진 불안정한 존재로 한시적인 삶을 제 나름으로 시작하고 마감한다.

이 시대 우리라는 이름으로 살아가는 각자가 자기만의 꽃을 피워야 할 일이다.

작가의 말

관계를 아우르는 밀고 당김, 그 허와 실의 문양을 그리고 싶었다. 굳이 잡문이라 명명한 것은 글쓴이의 낮은 자세를 버무리고 싶은 의도가 밑자락에 깔려 있음을 부정하지 않겠다.

사람과 사람 사이, 관계는 내 영원한 주제다. 무릇 글 쓰는 이들이 공유하는 근원, 삶의 본질이 거기에서 비롯되었기 때문이다.

그 관계의 무늬가 일그러짐 반 아름다움 반이라 한다면 어설픈 잣대라 할까? 사랑, 미움, 배신, 그 모든 근원은 관계에서 만들어지는 감정의 분열이다. 그것들은 매 순간 진화한다. 사람과 사람 사이를 당기고 밀치고 부스러뜨리거나 재조립하면서. 한 가지 분명한 것은 상승 기류를 타든 하강 기류를 타든 그 현상이 영구불변하지는 않는다는 사실이다.

오랜 세월 연륜이 쌓이면 삶의 1순위 가치가 무엇인지, 그것의 소중함을 되뇌며 남은 시간 자신의 온전한 역할에 안착하게 된다.

관계를 조율하는 최상의 비법이 있다면 너와 나 사이에 1밀리미터라도 틈새를 두는 것이다. 그것이 소통의 비결이고 너를 견디는 숨통이며 땅을 딛고 완벽하게 착지着地할 수 있는 정신의 근육을 키우는 자기 단련의 과정이 아닐까?

2020년 3월

최문희

내 인생에 미안하지 않도록

이제는 엄마나 딸이 아닌 오롯한 나로

초판 1쇄 인쇄 2020년 3월 10일
초판 1쇄 발행 2020년 3월 16일

지은이 최문희
펴낸이 김선식

경영총괄 김은영
책임편집 김정현, 임인선 **책임마케터** 이고은
콘텐츠개발2팀장 김정현 **콘텐츠개발2팀** 문성미, 임인선, 정지혜, 이상화
마케팅본부 이주화
채널마케팅팀 최혜령, 권장규, 이고은, 박태준, 박지수, 기명리
미디어홍보팀 정명찬, 최두영, 허지호, 김은지, 박재연, 배시영
저작권팀 한승빈, 이시은
경영관리본부 허대우, 하미선, 박상민, 윤이경, 권송이, 김재경, 최완규, 이우철
외부스태프 소요 이경란(디자인)

펴낸곳 다산북스 **출판등록** 2005년 12월 23일 제313-2005-00277호
주소 경기도 파주시 회동길 357 2, 3층
대표전화 02-704-1724 **팩스** 02-703-2219 **이메일** dasanbooks@dasanbooks.com
홈페이지 www.dasanbooks.com **블로그** blog.naver.com/dasan_books
종이 · 인쇄 · 제본 · 후가공 (주)상림문화

ISBN 979-11-306-2901-8(03810)

- 이 도서의 국립중앙도서관 출판시도서목록(CIP)은 서지정보유통지원시스템 홈페이지(http://seoji.nl.go.kr)와 국가자료공동목록시스템(http://www.nl.go.kr/kolisnet)에서 이용하실 수 있습니다. (CIP제어번호 : CIP2020010292)